윤대성 자전소설

고백

도서출판 월인

차례

고백

나는 언젠가 아들과 식탁에서 저녁을 먹는 중에 "아빠는 늙으면 이태리와 그리스 사이의 에게 해협을 횡단하는 유람선에서 퐁당 뛰어내려 죽을 것이다."라는 말을 했다. 아내는 화를 냈지만 아들은 깔깔대고 웃었다. 왜 웃었을까? 내가 너무 천연덕스럽게 말해서인가? 내 말이 너무 황당해서 웃었나? 그때가 아들이 초등학교 5학년 때였다. 그런 아들이 나를 앞서서 먼저 죽었다. 39살 나이에 자다가 심장마비로 급사해서……. 아들의 웃음소리가 지금도 귀에 쟁쟁하다. 엄마가 치매 걸릴 확률이 많거든?

(실제 친정엄마도 큰언니도 치매였다) 엄마 치매 걸리면 요양소에 보내고 우리 둘이 살자, 그런 약속까지 했는데 먼저 가 버리다니……. 같이 외국 여행하면서 실컷 술을 마시자는 꿈을 꾸곤 했는데 혼자 술을 많이 마셔 몸이 상해 죽었다. 실컷 같이 취하도록 마신 적이 몇 번이나 있었나? 추석 때와 구정 차례 지낼 때……. 장가도 못 가고 39살 나이에도 '아빠'라고 불렀던 아들의 목소리가 듣고 싶다. 아들과 좀 더 즐거운 시간을 가지지 못한 게 한스럽다.

나는 내가 착하게 살아왔다고 믿었다. 그런데 아내는 내가 악바리란다. 남에게 말로 상처주기를 좋아하고 때로는 뺨까지 철석 때리는 독종이라고……. 하긴 맞는 말이다. 아내의 뺨만 때리지 않았을 뿐이지……. 내게 뺨을 맞은 PD나 배우 또 학생도 많다. 나도 그런 점에서 내 성질이 못된 건 인정한다. 그러나 늘 올바르게 살려고 노력했다. 난 불의를 증오한다. 나쁜 일을 한 적도 거짓말을 한 적도 맹세코 없다. 나는 내가 한 말에 대해서는 절대 책임을 진다. 그래서 손해도 많이 본다. 젊은 시절 오기에 가득 찼던 그 시절 여자에게 상처를 준 적은 있지. 그것도 여러 여자에게……. 그러나 절대 임신을 시키는 그런 행위는 안 했다.

나는 결혼한 지 석 달 만에 아내와 각방을 쓰자고 제의했다. 내가 밤새우고 원고를 써야 하는 날이 많고 밤에 책을 읽어야 하니까. 그 결과 결혼 생활 40여 년이 넘게 여전히 다른 방 다른 침대에서 따로 잔다. 여름 방학이면 구라파 여행을 같이 하면서 그때만 같은 침대를 쓰며 신혼의 연인처럼 즐기지만…….

나는 섹스를 좋아하지 않는다. 그저 어여쁜 여자를 만지며 같이 있기를 즐길 뿐이지. 어차피 섹스는 관념 아닌가? 그래서 나는 섹스 자체에는 관심이 없다. 항상 첫사랑에서부터 내가 먼저 요구한 적도 없다. 여자가 먼저 원해서 했을 뿐. 나는 섹스는 로맨스와 상관없다고 생각하는 편이다. 그 행위 자체는 동물적인 본능에 따르는 것이지……. 그렇다고 내가 아내와 섹스를 안 한다는 것이 아니다. 어쩔 수 없는 욕정에 이끌려 할 뿐이지. 아내 역시 섹스를 즐겨 하지 않는다. 여자로서 아내로서의 의무감으로 응해 주는 것 같다. 그래서 우리는 아주 드물게 함께 오르가즘에 오른다. 해외여행 중 자유를 만끽하면서. 그리고 또 몇 번이던가? 셀 수 있을 정도로만……. 나와 아내가 서로를 탐하면서 섹스를 즐긴 시간은 결혼 40년 중에 1년이 못 된다. 그것도 아내가 40줄에 들어서야 깨달았나? 아니면 내가 성의가 없었던 거지. 40대의 아내 몸은 완벽했다. 워낙 미인인데다 살결 또한 100퍼센트 부드럽다. 여성이 갖는 모든 장점에서 아내는 완벽 그 자체였다.

나는 자고 있는 아내를 보면서 혼자 수음을 한 밤이 많다. 차마 깨우지 못하고……. 나는 아내와 40여 년 넘게 살다가 내 나이 70 되는 날 아내와의 섹스를 중단하기를 선언했다. 아내가 먼저 요구하기도 했고……. 나는 10년 넘게 그 약속을 실천했다. 섹스라는 이 동물적 본능과 그 행위 자체에 아내와 내가 동시에 혐오감을 느낀 것이다.

나는 남자에게서 연애편지를 두 번 받았다. 중학교 때 한 번, 고등학교 때 한 번. 한 남학생으로부터는 뜨거운 키스를 받기도 했다. 참 추하게도 생긴 남학생이었는데 그 성 또한 추 씨였다. 이름도 잊지 않는다. 추○문. 고등학생 때 내게 열렬한 편지를 보낸 형은 키도 크고 잘생겼는데 왜 남자인 나를 좋아했을까? 내가 키도 작고 여자처럼 아주 귀엽게 생긴 탓일 것이다. 그런데 나는 왜 그런 동성애 현상을 싫어했을까? 나는 남자가 여자 옷을 입고 화장하고 여자 흉내를 내는 짓, 또 그런 연극이나 영화는 질색이다. 언젠가 더스틴 호프만이 여자 흉내를 내는 영화를 보다가 나왔다. 징그러워서.

나는 지금도 옛날 여자들 꿈을, 내가 누군지 뚜렷이 기억해 낼 수도 없는 여자의 집을 찾아가는 꿈을 꾼다. 찾아 헤매다가 꿈에서 깨곤 하는데 그 여자가 누구였는지 기억이 나지 않는다. 왜 그때 그 여자를 찾지 않았을까? 왜 전화라도 해서 만나자고 하지 않았을까? 그 여자는 내 연락을 기다렸을 텐데……. 꿈속에서도 나는 후회한다. 지금도 생각나는 사건이 하나 있다. 이름이 뭐였더라. S를 집까지 바래다 주던 밤. 너무 밤늦은 시간이라……. 주로 무슨 얘기를 주고받았는지 나 잘났다는 얘기, 나 똑똑하다는 허세였겠지. 그때는 내가 20대 후반에 잘나가는 극작가에다 은행원이라는 직업을 갖고 있었으니 여자들이 군침을 삼킬 만했다. 그런데 집 앞에

도착했는데, 집 앞 가로등 밑에서 그 여자는 가만 나를 쳐다보면서 들어가지를 않는 것이다. "안녕 잘 자……." 그리고 돌아서 골목길을 나오다가 '아, 내가 키스해주기를 바랬구나.' 몇 달 사귀는 동안 손도 안 잡았는데……. 정신이 반짝 든 순간 나는 어두운 골목길 옆 개굴창에 굴러 떨어지고 말았다. 다치지는 않았지만 바보처럼 굴었던 나 자신이 미웠다. 섹스에도 여자에도 바보같이 순진하기만 한 나는 여자가 오죽했으면 "나를 이대로 내 버려 둘 거야?" 하는 말을 듣고서야 '아차 행동해야 하는구나' 알았으니까. 나는 바보다, 바보새끼……. 옛날 사귀던 여자 생각만 하면 나는 아직도 나 자신을 탓하고 여자에게 용서를 빈다.

나는 내 이름을 싫어한다. '대성연탄, 대성문구, 대성…….' 등등 아버지가 왜 내게 이런 이름을 지어 주었는지 이해가 안 간다. 大成이 아니라 大星

〉〉〉〉〉

은 일본말로 '다이짱'이다. 나는 어려서 다이짱이라고 불렸다. 그게 무슨 의미가 있는가? 아버지는 그냥 장난으로 대충 지어 준 것 같다. 그래도 나는 이름을 바꾸지 않았다. 늙어서 친구들이 도산(陶山)이라고 호를 붙여 주었는데 그 뜻이 도산(刀山)에 가깝다는 말을 듣는다.(남에게 입을 칼처럼 잘 놀린다고 해서…….) 나는 내 말로 남에게 얼마나 많은 상처를 주었는지 알고 있다. 그 말들의 상처를 가장 많이 받은 사람이 나 자신이라는 사실도 안다. 술 한잔 마시고 화가 나서 내뱉은 말들이 결국 독화살이 되어 내게로 돌아온다는 사실을 지금도 아프게 느낀다. 나는 자살 시도를 한 번 해본 적이 있다. 자살해야겠다는 생각은 늘 했지만……. 충청남도 수덕사 뒷산 어느 절벽에 붙어 있는 암자 앞에서 한 고시생이 내 거동을 보다가 날 설득(?)해서 포기했지만…….

〉〉〉〉〉

나는 귀엽기는 하지만 잘생기지는 않았다. 게다가 키가 작기 때문에 무한히 고민하고 열등감을 느꼈는데 나중에 극작가가 되고 나서야 열등감에서 벗어났다. 작아도 좋아하는 여자가 많은데……. 내가 내 육체에서 가장 혐오하는 부분은 내 키가 아니라 내 혓바닥이다. 내 혀가 나를 배신했고 나에게 무한한 상처를 주었다. 수 십 년 동안 뱉은 말들이 날카로운 화살이 되어 지금도 날아온다.

우주의 중심은 항상 '나'였다. 나는 가족을 위해서나 다른 누구를 위해서, 어머니를 위해서, 아버지를 위해서나 내 동생들을 위해서 나 자신을 희생한다고 생각해 본 적이 없다. 오죽했으면 내 하나뿐인 외아들의 장래에 관해서도 관심을 기울이지 않았다. 네가 알아서 해라. 공부를 하든 어느 대학을 가든 너 자신의 선택이다. 나는 오로지 나 자신의 삶, 이 순간의 의미와 기쁨만을 추구했다. 난 벌 받아 마땅한 에고이스트였다.

내 출생지는 함경북도 회령이다. 나를 소개하는 약력 중에는 만주 목단강이라고 나올 때도 있는데 그건 어머니 뱃속에 태아로 있을 때는 만주였지만 결정적인 순간 나를 낳을 때는 친정인 회령으로 가신 것이다. 당시 아버지는 가수였다. 함경도 일대에서 명성을 날리던 가수. 한국어와 일본어로 노래를 부르던 대중가수 아버지의 후배 가수 중에는 코미디언 김희갑이 있어 함께 극장에서 가요대전을 열었다. 어머니는 당시 '오빠 부대'의 일원으로 아버지의 콘서트마다 따라다니며 무대 아래서 발을 구르며 목청껏 아버지 이름을 연호하던 여학생이었다. 아버지의 팬클럽 회장이 어머니의 큰언니였는데 어머니는 딸 다섯의 셋째였다. 큰언니가 오빠 부대의 리더로 아버지 이름인 '윤석주 가요 대전' 콘서트에 갈 때마다 따라다닌 것 같다. 그러다가 아버지의 눈에 띈 것이다. 다섯 딸 중 왜 하필 어머니였을까? 키도 작고 어린데다가 아버지보다 6살 어린 17세 소녀인 어머니를 선택하다니. 하긴 당시 조선 여자의 기준으로는 미인이었다고 어른들이 말했다. 어머니의 작은 키 때문에 우리 5남매는 다 키가 작다. 아버지는 큰 키에 미남이었는데, 우리 2남 3녀는 다 꼬마다. 그래서 우리는 속으로 아버지를 원망했다. 키 큰 큰언니를 선택했으면 우리 키도 컸을 텐데…….

내가 나중에 연극에 뜻을 두게 된 것은 아마도 만주 목단강 시절 아버지의 영향 때문이 아닌가 싶다. 아버지는 결혼을 앞두고 할아버지의 완강한 반대에 부딪혀 어머니를 데리고 만주로 도주하신 것 같다. 정확하게 본인들의 얘기를 듣지 못해 내 짐작일 뿐이지만 결혼사진을 보면 두 분이 찍은 사진만 있지 결혼식장에서 가족과 함께 찍은 사진이 없다. 아버지는 청소년 때 당한 폭발 사고로 왼쪽

손목 아래가 없다. 무슨 폭발인지 진상은 알 수가 없지만 아버지는 평생 오른쪽 한 손으로만 사셨다. 얼마나 능숙하게 한 손으로 생활하셨는지 우리는 다 클 때까지 아버지가 장애자인 줄 몰랐다. 아버지는 목단강에서 어머니와 살림을 차리고 사시다가 어느 목욕탕에서 일본인 사업가를 만났다. 도장과 인쇄를 하시던 분인데 아버지의 손목을 보시고 말을 건넨 모양이다. 그 일본인은 목단강에서 제일 큰 인쇄소를 경영하고 있다면서 아버지에게 일자리를 준 것이다. 아버지는 그 일본인 덕에 도장과 인쇄 기술을 배웠다. 아버지가 당시 가수로 이름이 만주까지 알려져 있어(경성(京成)에서 개최한 일본 콜롬비아레코드 경연대회에서 금상을 받았다) 그 일본인이 아버지에게 인쇄소를 같이 하자는 동업 제의를 한 것이다. 그 인쇄소는 만주 주둔 일본 관동군 관할 내에 있었는데 일본군 대장이 아버지를 알아보고 일본군을 위안하는 위문단을 조직해서 음악회를 열어 달라고 요구한 것이다. 그 대신 관동군의 모든 인쇄물과 도장은 다 이 인쇄소에 주문한다는 조건으로……. 누가 마다하겠는가? 아버지는 어머니와 처제들, 회사직원을 다 동원해서 춤과 노래를 가르치고 아버지가 직접 대본을 써서 대일본관동군 동부지역 위문 콘서트를 열었단다. 이모들(다 예뻤다)이 노래하고 춤을 추고 아버지는 주제가를 부르고 어머니는 내 손을 잡고 무대에 나가 전선으로 출정하는 일본군을 배웅하는 역할을 했다. 무대 위에서 기적소리를 내며 떠나가는 기차를 향해 손을 흔들며 "꼭 이기고 돌아오세요." 소리지르는 역할을 내가 한 것이다. 아직도 그 무대의 기억이 생생하다. 관객들(군인들)의 환호성과 박수 소리, 찬란한 조명의 불빛들……. 그 무대의 환상이 나를 따라다녀 이렇게 극작가로 연극마당에 서게 된 게 아닐까? 유진 오닐이 아버지 극단을 어머니와 함께 따라다니다가 극작가가 된 것처럼……. 그런 면에서 유진 오닐과 내 인생이 꼭 닮았다. 그의 첫 작품 〈고래〉와 내 데뷔작 〈출발〉의 주제, 현실과 이상의 충돌 때문에 갈등하는 젊은이를 다룬 주제가 닮았듯이……. 그리고 거의 모든 작품이 자신의 삶과 인생의 고뇌를 다룬 자전적인 작품이 주류를 이룬 것도……. 외아들이 자살해 죽은 것도.

나는 1939년에 태어났는데 2차대전이 발발한 해였다. 그 덕분에 1945년 해방과 1950년 6·25 전쟁을 고스란히 경험했다. 만주에서는 유치원 시절, 회령에서 초등학교 1학년을 해방과 함께 맞았고, 서울로 내려와서 6학년에 6·25를, 1·4 후퇴와 서울 수복을 다 겪었다. 어린아이였지만 그 전쟁 중에도 한번도 무서워 울어본 적이 없다. 오히려 스릴을 느끼고 재미있었다. 전장은 아이들에게는 흥미 있는

놀이터고 계속 긴장을 유발시키는 드라마의 장이었다. 내게는 그랬다. 초등학교 6학년 때 수업 중에 선생님이 갑자기 수업을 중단하더니 집으로 가라고 해서 전쟁이 난 줄 알았다. 그때 나는 청량리 청량초등학교에 다녔는데 몇 달 전에 집이 이사를 해서 가족은 노량진 상도동에 있었다. 청량리 친척집에서 학교를 다녔는데 학교에서 돌아와 보니 친척들은 다 피란을 가버려서 집이 비어 있었다. 나는 터벅터벅 걸어서 상도동 집으로 향했다. 군인들을 태운 트럭이 전선을 향해 북쪽으로 달리는데, 나는 반대 방향인 남쪽 노량진을 향해 걸었다. 하루 종일 걸은 것 같은데 지루하지 않았다. 빨간 별을 날개에 그린 북한 비행기가 날아와 기관포를 쏘아대며 사방에서 총성이 들려도 겁도 없이 그 모든 장면을 구경했다. 한강다리 대로 한가운데에 서서. 군인을 태우고 달리는 트럭들, 보따리를 이고 피란을 가는 사람들, 가끔씩 내려와 기관총을 쏘아대는 북한 비행기……. 내겐 신나는 구경거리였다. 그 먼 거리를 걸어서 집에 돌아오니 엄마는 내가 살아왔다고 울고불고 난리였다. 내가 집에 돌아온 날 밤에 한강다리가 폭파됐다. 한강을 사이에 두고 북쪽에는 인민군, 남쪽 우리 집 뒷동산에는 국군이 대치하며 박격포를 쏘아대고 있었다. 일부 인민군은 이미 한강을 넘어 앞산에 진을 치고 있었다. 상도동의 우리 집을 사이에 두고 서로 포를 쏴 대는 장면, 포탄이 뒷산에 푸석 연기를 내며 떨어지는 장면, 그리고 국군이 이리저리 뛰어다니는 장면을 애들과 함께 집 앞 하수구(산에서 맑은 물이 흐르는) 입구에 숨어 고개만 내밀고 다 구경했다. 드디어 미군 제트기가 날아와 한강에 기관총을 쏘아대다가 다시 꽁무니를 들고 하늘로 날아오르는 장면, 그러다가 인민군의 고사포에 맞은 미군 제트기가 꼬리에 불이 붙어 떨어지는 장면도 목격했다. 우리는 그 비행기가 떨어질 만한 곳을 향해 달렸다. 동네 저만치 연기가 솟아오르는 게 보였다. 미군 제트기가 떨어져 불이 나서 연기를 내고 있는 집은 바로 우리 친척 집이었다. 친척 큰아버지가 다리에 파편을 맞고 다쳐 식구들이 울고 있었다.

나는 내가 몇 살 때가 제일 좋았는지 모른다. 아무리 생각해도 내게는 좋은 시절이 없었던 것 같다. 내 인생에서 가장 괴로웠던 시기는 중학생 때다. 1950년 후반에는 모든 중고생들이 학교에서 아침마다 군사훈련을 받았다. 나는 워낙 키가 작아 조회 때는 항상 제일 앞줄에 1번에서 4번 사이에 서 있어야 했다. 군사훈련 때에는 키 큰 순서로 서야 했기 때문에 제일 꽁무니에 서 있어야 했고, 훈련용으로 지급되는 장총도 내 차례까지는 안 와 나무막대기를 장총처럼 깎아 만든 가짜 총을 들고 훈련을 받아야 했다. 내 키만 한 가짜 총을 들고 "서서 쏴, 엎드려 쏴." 하는 훈련을 받기는 죽기보다 싫었다. 거기에다 더 나를 죽고 싶게 만든 건 시가 행렬이었다. 이승만 정권 당시에는 무슨 일만 터지면 학생들을 동원해서 데모를 시켰는데 길거리에 나가 행진할 때는 나는 제일 꽁무니에서 뒤처지지 않으려고 헐떡이며 반쯤 뛰다시피 따라 걸어야 했다. 그런 내 모습을 아는 여학생이 보기라도 하면 어쩌나 그냥 죽어버리고 싶은 심정이었다. 공부 하나는 잘했지만 다른 건 아무것도 못하는 책벌레, 공부벌레, 쪼다, 꼬마가 내 이름이었고 생긴 것도 참외처럼 턱이 합죽이처럼 나와 별명이 '참외'였다. 그러니 여학생의 관심을 받을 길이 있나……. 외롭기만 하고 나를 꼬마로 낳은 부모를 원망하기만 했던 그 청소년 시절……. 생각도 하기 싫고 죽고만 싶었던 시절에 내 염세주의가 마음 깊숙이 자리잡은 게 아닐까?

나는 내 자신이 싫다. 생긴 것부터 작은 키까지……. 그래서 사진 찍기를 싫어한다. 오죽했으면 해외 여행갈 때 카메라도 안 가지고 갈까? 꼭 찍어야 할 때는 할 수 없이 포즈를 취해 주지만 내가 직접 카메라를 들고 사진 찍는 짓은 안 한다. 결혼 후에 가족이 생기고 아들과 아내 때문에 더러 찍기도 했지만 사진 앨범 같은 거 만들 생각도 안 한다. 아내가 앨범을 만들어 보관해도 언제 펴 보는 일이 거의 없다. 앨범 사진을 들춰보면서 무엇을 추억한단 말인가? 과거란 것들이 내게는 하나도 자랑스럽거나 간직하고 싶은 추억 같은 게 없는데……. 요즘엔 스마트폰에 카메라가 장착되어 쉽게 사진을 찍게 되지만 사진은 스마트폰 안에 잠자고 있을 뿐이다. 나는 사진작가라는 사람을 싫어한다. 아무 때나 아무 곳에서나 사진기를 들이대는 무법자들……. 무슨 굉장한 예술작품이나 만드는 것처럼 목침만한

〉〉〉〉〉

카메라를 목에 두르고 다니면서 셔터를 눌러대는 사진사들……. 수십, 수백 장 찍은 중에 한 장을 골라내서 작품이라고 내세우는 사진……. 그게 예술인가? 기록이고 그냥 사진일 뿐이지 기록으로 남긴다는 의미 이상 무엇이 있지?

나는 자전거를 탄다. 40 중반 나이에 아내가 나를 공원으로 데리고 나가 자전거 타는 법을 직접 가르쳐 주었다. 내가 책 읽는 것 말고는 하도 취미가 없으니까 보기 답답했던 모양이다. 바둑이나 낚시나 등산이든 뭐 하나 취미를 가지라고 종용하는데 바둑이나 낚시는 그야말로 멍청하게 앉아 있는 시간 낭비 아닌가? 등산은 나까지 산에 올라가서 자연을 망치는 대열에 끼는 게 싫다는 이유로 한때는 골프를 치기도 했다. 주로 동네 실내 골프장이지만……. 내가 골프를 중단한 건 친구들과 필드에 나가 공을 치다가 내가 친 공이 캐디의 장단지에 맞아

주저앉는 걸 보고 아차 싶어 그만두었다. 시간과 돈이 많이 드는 것도 문제지만 서민정신이 투철한 내가 골프라니. 운동이라고 시작했지만 사치한 귀족놀이라고 느껴졌기 때문이다. 그래서 자전거로 내 취미를 확정했다. 남하고 어울릴 필요 없이 혼자 할 수 있는 운동이니까……. 나는 운전을 배우지 않았다. 자전거는 잘 탔지만 자동차 운전을 배울 생각은 하지 않았다. 대신 아내가 일찌감치 운전을 배워 내가 필요로 하는 곳에 태워다 주었다. 학교며 방송국이며 70년대에 운전면허를 따 40여 년 동안 내 충실한 운전기사가 되어 주었다. 접촉사고는 몇 번 있었으나 인명을 다치는 사고를 일으킨 적은 없으니 난 복이 많은 남편이다. 나는 아내가 내 운전기사 노릇을 하는 것을 당연한 일이라고 생각해서 고마운 줄도 모르고 차만 같이 타면 잔소리를 해 댄다. "천천히 몰아, 어린이 보호구역이야, 횡단보도에서 무조

건 세워야지." 강릉으로, 설악산으로 아내가 모는 차로 여행도 많이 했다. 나는 아내에게서 자전거를 배우고 나서는 오토바이를 타고 싶었는데 아내가 극구 말려서 우물거리다 보니 세월이 먼저 가 버렸다. 이 나이에 새롭게 할 수 있는 건 아무것도 없다. 피아노를 배우고 싶다. 어려서부터 피아노를 치고 싶었는데 그놈의 공부 때문에 배우다 중단했다. 나는 피아노 앞에 앉아서 케빈 컨의 〈어린 시절의 기억(Childhood Remembered)〉 한 곡만이라도 멋지게 치는 꿈을 아직도 갖고 있다. 그래서 집 근처 음악 학원을 기웃거린다.

내게 취미로 자전거를 가르쳐준 아내의 집념은 대단하다. 한 가지 일에 몰두하기 시작하면 끝장을 본다. 처음에는 성당에 나가면서 성경공부를 시작하더니 레지오 마리에로 시작해 그 위의 못자리 등 나중에는 명동 김수환 추기경으로부터 성서 봉

사자 자격증까지 받아 호스피스 봉사활동에도 참여했다. 김수환 추기경이 돌아가신 다음에는 성당 사람들에 실망하기 시작했는지 성당활동을 중단하고 수영을 배워 동대문 서울운동장까지 나가 10년을 주부 선수생활을 했다. 그래서 아내의 수영으로 단련한 몸매는 일품이다. 항상 벗고 찬물에 뛰어드는 게 부담이 되자 운동을 자전거로 바꿨다. 구파발에서 임진각까지의 왕복 자전거 대회에 출전하는 것을 보고 나도 놀랐다. 그렇게 10년 그 다음에는 그림으로 취미생활을 돌렸다. 주부 화가들과 함께 김구림 화백에게서 회화를 배운 아내의 반추상 그림은 나를 놀라게 했다. 그림에 재능이 있을 줄이야……. 여러 차례 전시회에 출품도 하고 몇 점 팔기도 했는데 송추의 전원주택이 팔리자 그림 그리기를 중단했다. 다시 아파트로 이사했는데 그림 그릴 공간이 있어야지……. 스튜디오와 창고가 필요한 일이니까……. 그 이후로 아내는 오로지 걷기운동만 한다. 아마 죽을 때까지 걸을 것이다. 눈이 오나 비가 오나 새벽 5시면 집을 나가 걷는다. “이제 그만” 하라고 소리 지르고 싶을 정도로 한 가지 일에 매달리면 끝장을 보는 성격이니 내가 무서워 할 수밖에……. 아내의 반추상 그림들이 아직도 내 서재, 밀양의 내 별장 곳곳에 걸려 있다. 나는 피카소나 마네, 모네의 그림보다 아내의 그림이 좋다. 모네와 비슷한 그림의 안개 속 같은 아련한 분위기가 좋다. 나와 아내가 좋아하는 화가는 마크 로스코(Mark Rothko)다. 언젠가 시립미술관에서 열린 장 뒤뷔페(Jean Dubuffet)의 전시회에서 우리 부부는 넋을 잃었다. 그림에 압도당하고 그 환상적인 분위기에 기가 죽어 말이 나오지가 않았다. 아내는 그 그림을 본 후에 그림 그리기를 그만두겠다고 결심하지 않았는가 추리해 본다. 아내의 재능은 그림에서 끝나지 않았다. 명동성당에서 하는 문예반 글짓기 교실에 나가더니 1년 후에 회원들의 공동 수필집을 책으로 펴냈는데 아내의 글이 단연 뛰어났다. 공부하는 중에 내 조언을 받기는 했지만 그 소재에서 자신의 주변에서 일어난 일, 자신의 경험 등을 사실적으로 묘사한 그 표현 방법, 주제와 시각 등이 독특했다. 내가 읽어도 개성 있는 글이다. 이제는 글쓰기도 멈췄다. "더 해서 뭐해? 내가 예술가가 되는 것도 아닌데." 그리고 그만이다.

나는 아름다운 여자들을 무척 좋아한다. 특히 키 크고 다리가 미끈하게 뻗은 여자들을. 그런 여자 앞에선 넋을 잃는다. 그리고 절망한다. 내 아내도 그런 여자 중의 한 명이었다. 그 여자를 아내로 맞기까지 얼마나 많은 쇼를 했는지……. 그 쇼에는 배우 신구, 민지환, 최불암, 김상순까지 동원했다. 그 땐 내가 MBC 방송국에서 〈수사반장〉을 쓰고 있을 때였다. 나도 꽤 인기 있는 극작가였는데, 여자가 내 청혼을 거절하고 만나주지 않자 〈수사반장〉 한 회를 펑크 내고 명동 백병원에 입원했다. 〈수사반장〉 한 회분이 재방송으로 메워졌을 때 그건 사건이었고 〈수사반장〉 작가가 쓰러져 백병원에 입원했다는 소문이 신문 단신에까지 실렸다. 그 여자가 병원에 찾아왔다. 배우 김상순(〈수사반장〉의 김 형사)이 나를 퇴원시키면서 그 차에 병문안 온 여자를 태우고 우리 집까지 갔다. 졸지에 우리 가족과 인사하게 된 그 미인……. 그래도 미심쩍은 상태로 교제를 계속하는데 배우 신구가 결혼을 하게 돼서 내가 카운터를 맡았다. 신혼여행을 가는 차에 신구가 그 여자도 함께 태웠다. 서울역까지만 배웅해 달라는 부탁과 함께……. 그러나 그 차는 온양온천으로 달렸다. 납치한 것이다. 그래서 우리는 온양온천에서 신혼의 밤을 맞았다. 그리고 결혼이 이루어졌다. 결혼까지 얼마나 힘들었는지……. 우리 집처럼 5남매의 막내딸인 아내는 살림의 달인이다. 친정어머니로부터 어떻게 교육을 받았는지 남편과 자식을 위해서는 모든 것을 바쳐 자신을 희생하는 아내와 어머니 역할을 너무 완벽하게 해냈다. 우리가 숨 막혀 할 정도로. 그러나 시어머니와 엮이면 태도가 달라진다. 둘 다 성당에 나가는 성녀가 시어머니와 며느리로 엮이면 악녀로 돌변하는 것이다. 어머니가 돌아가신 후에도 그 앙금은 가라앉지 않았다. 아내는 여전히 나도 모르는 과거를 끄집어내면서 나를 공격한다. 가만 들어보면 아내의 불만에도 일리는 있다. 그래서 과거 얘기가 나오면 나는 침묵한다. 여자의 공격에는 침묵처럼 좋은 방어가 없다는 것을 나는 깨달았다.

나는 술을 좋아한다. 특히 와인을. 위스키, 소주나 맥주 대신 와인을 마시도록 부추긴 사람도 내 아내다. 와인은 우선 마시는 방식, 분위기나 스타일에서 고급스럽게 느껴질 뿐만 아니라 그 맛과 향기 또한 감미롭기 때문이다. 그리고 와인은 아무리 마셔도 뒤탈이 없다. 와인 한 병을 한자리에서 다 마셔도 그 다음날 거뜬히 일어난다. 내가 와인을 가장 맛있게 마신 기억은 2010년 베를린에서 뒤셀도르프로 가는 세 시간의 유로특급열차 안에서 친구 이경건과 마신 때였다. 한겨울 눈이 가장 많이 내린 그때 우린 베를린에서 열린 윤이상 음악회를 감동 속에 참관한 후 기차에 타기 전에 또 다른 친구를 찾아 베를린 외곽에 있는 와이너리(winery)에서 와인을 시음하고 백포도주와 적포도주를 한 병씩 사들고 기차에 올랐다. 기차의 넓은 특실 창밖으로 독일의 눈 덮인 들판을 가로지르는 풍경을 감상하며 우리는 치즈, 살라미, 야채 샐러드를 안주로 와인을 마셨다. 창밖으로 구라파의 아기자기한 풍경을 감상하며 마시는 와인! 내 생애 최고의 술을 마신 경험이었다. 우리나라 소주라면 악명 높은 술이 아닌가? 세계에서 가장 지저분한 싸구려 술이 소주다. 러시아의 보드카, 중국의 고량주, 일본의 사케, 독일의 맥주, 프랑스의 와인, 미국의 버번 위스키, 영국의 스카치 위스키, 그 어느 술도 향긋하고 뒷맛이 확실하다. 소주처럼 아무 맛도 없이 밍밍한 술은 없다. 자다가 심장마비로 급사한 내 아들의 오피스텔 현장에는 마시다 남은 소주 반 병이 있었다. 그 전에 얼마나 많은 소주를 마셨는지 벽장, 서랍, 여행가방, 심지어 에어컨 실외기 뒤에도 소주병이 수십 개씩 숨겨져 있었다. 엄마나 내가 일주일에 한번 찾아갈 때마다 잔소리를 듣기 싫으니까 숨겨둔 것이다. 결국 내 아들을 죽인 것은 한국 소주다. 내 아들뿐이랴? 수많은 좌절한 예술가들, 실패한 아버지들, 헬조선으로 불리는 이 나라에 절망한 성인들이 소주를 마시고 알코올 중독자가 되어 죽어간다. 지금 이 순간에도……. 애초에 술을 가르친 나 자신부터 죽었어야 하는데 폭음을 안 하니까 죽지도 못했다. 소주병만 보면 나는 후회와 회한으로 우울증에 빠진다. 왜 아들을 혼자 살게 오피스텔을 얻어 주었는가? 군대 다녀온 뒤 남은 대학 생활을 자유롭게 낭만적으로 보내라고 자유를 주었는데 신촌의 대학촌, 그것도 술과 향락과 낭비로 뒤범벅이 된 예술을 빙자한 퇴폐의 구렁텅이로 아들을 밀어 넣었으니 내가 죽었어야 마땅하다.

나는 연세대학교 법학과에 다니던 시절 구약 창세기에서 시작해 신약 요한 묵시록까지 성경을 통독했다. 어느 여름방학 한 달 동안에……. 내가 다닌 대학이 기독교 계통이라 그 영향도 있었지만 내 꿈이 장차 문학이었기 때문에 문학에 뜻을 둔 사람은 신앙에 관계없이 성경을 반드시 읽어야 한다는 묵시적인 의무감이 작용했기 때문이다. 성경을 읽기 전에 나는 도스토옙스키의 〈카라마조프의 형제들〉에서 깊고 넓은 인생에 대한 작가의 성찰력과 표현에 경탄했고, 토마스 울프의 〈천사여 고향을 돌아보라〉에서는 청년의 고뇌에 동감했고, 나다나엘 호손의 〈주홍글씨〉에서는 신앙과 정의감이 내 정신에 뿌리를 내리게 했고, 니체의 〈자라투스트라〉에서는 초인사상을, 스콧 피츠제럴드의 〈This side of paradise〉에서는 잃어버린 세대의 사랑의 고뇌와 허무를 내 마음 속에 각인시켜준 명작들이다. 그렇다고 우리 고전 문학 작품을 비켜가지 않았다. 현대문학 고전에서부터 한국전통문학에 이르기까지 거의 다 읽었다. 내가 학생들에게 성경을 읽으라고 권하는 이유는 성경 속에 문학적인 유산이 다 있기 때문이다. 인생의 모든 극적인 사건(사랑과 질투, 살인뿐만 아니라 시적인 표현들)이 다 그 안에 있다. 그 구절들을 찾아내서 내 글로 환원하면 좋은 문장이 생겨난다는 걸 나는 잘 알고 많이 활용했으니까……. 성경이 바로 문학사전이다. 그 안에서 찾으면 무엇이든 다 있었다. 이제 진짜 고백하건데 내 희곡 작품들을 정밀 분석하면 작품 곳곳에서 성경에서 인용한 대사들, 세계명작이나 우리 고전에서 그대로 베끼다시피 한 대사들을 곳곳에서 발견할 수 있을 것이다. 셰익스피어도 남의 아이디어, 남의 대사들을 자기의 시구(詩句)로 변혁시켜서 희곡작품에 써 먹었다. 발표 당시에는 여기저기서 표절 운운하는 작가들의 항의가 있었으나 세월이 지나면서 셰익스피어의 독창적인 작품으로 인정받고 있다. 모든 작가의 작품들은 그가 읽은 책들, 그래서 그의 머리에 입력되어 있는 내용들이 나중에 자기 창작물 속에 자기의 독창적인 글로 변형되어 나오는 것이다. 그래서 독서가 필요한 것이다. 작가라고 어떻게 자기가 직접 보고 경험한 것만 쓰겠는가? 나는 내가 얼마나 많은 책을 읽었는지 감을 잡을 수가 없다. 수만 권은 족히 읽었을 것이다. 미국의 추리소설 원서로 읽은 책들까지 합치면 아마도 수만 권? 나는 수시로 책을 버린다. 제자들에게 나누어 주든가 아파트 공원 벤치에 널어놓고 거저 가져가도 좋다는 메모를 부쳐놓으면 금새 없어진다. 버리지 않고 남은 도서관 같은 서재를 보고 있으면 읽은 책과 시간이 아까워서 마음 편히 죽을 수도 없다. 내 독서 방식은 특이하다. 한 번에 한 권의 책만 읽지 않는다. 두 권이나 세 권을 번갈아 가며 읽는다. 한 권은 쉽게 읽을 수 있는 추리소설 같은 것, 또 한 권은 이 세상과 미래를 가늠해 볼 수 있는 인문학 서적(〈사피엔스〉나 〈호모데우스〉 같은), 그리고 영문 원서로 된 책 한 권 아니면 아마존(Amazon)에서 찾아낸 이북(e:book) 한 권(지하철에서 읽기가 좋다). 아마존에서는 나를 주요 고객으로 취급해서 온갖 서비스를 다 제공한다. 주로 내 취향에 맞는 새 책 소개에서부터 전자제품 소개 등. 그러다 보니 아마존 킨들(Amazon Kindle)을 두 개나 갖고 있다. 하나는 컬러(무겁다), 하나는 흑백(가볍다).

나는 키가 작다. 160센티미터라고 우기지만 158센티미터를 조금 넘길까 말까 한 꼬마다. 내 아내는 나보다 6센티미터가 크다. 당시의 여학생 기준으로는 키다리에 속해 나와 반대로 조회 때는 늘 뒤에 서거나 교실에서는 뒷자리에 앉았고 행렬 때는 늘 앞장섰다고 한다. 그게 죽기보다 싫었단다. 큰 키가 창피해서 굽 없는 신발에 어깨를 살짝 굽히고 다녀 지금도 약간 자세가 굽다. 나와 데이트 할 때는 내 어깨를 감싸 안고 다녔다. 자기가 커서 나같이 작은 남자가 좋았단다. 아내는 보기 드문 미인이라 잘생긴 남자들이 많이 따랐다는데 나 같은 꼬마를 선택했다. 아내의 표현을 빌면 작고 귀엽게(?) 생긴데다가 지적인 분위기가 좋았단다. 얘기를 나누다 보면 내가 박식하다는 걸 금방 눈치챘겠지. 아내는 대학을 중도에 포기하고 워커힐에 취직을 했는데 교통사고로 쉬고 있는 중에 나를 만났다. 그때 나는 MBC에서 〈수사반장〉을 쓰고 있던 잘나가는 노총각이었다. 내가 아내와 같은 키큰 미인을 좋아하게 된 동기는 따로 있다. 내 어릴 때 만주에서 가수로 이름을 날리던 아버지가 목단강의 술집 바(bar)에 나를 잘 데리고 갔다. 그 바에는 백계러시아 여인들이 바텐더를 하는데 어린 눈에도 모두가 눈부신 미인들이었다. 그 미녀들이 내가 가면 귀엽다고 서로 안아주고 뽀뽀해주고 난리였지. 거기서 나는 키가 큰 서양미녀에 빠져 버린 것 같다. 어릴 적 영향이 나중에 어른이 되어서도 항상 키 크고 다리가 날씬한 여자들만 눈에 띄었으니까. 내가 교제한 모든 여자들이 다 나보다 키가 컸다.

내가 세상에서 제일 싫어하는 사람은 자기 애를 때리거나 여자에게 폭행을 하는 남자다. 아니 이 세상에서 남자란 존재가 얼마나 추하고 폭력적인 개보다 못한 존재인가를 나는 살아오면서 목격하고 느끼고 분노한다. 그래야 맛이 좋다고 자기가 집에서 키우던 개를 나무에 달아놓고 죽을 때까지 패 죽여서 보신탕으로 먹는 인간이 남자다.(한강의 소설 〈채식주의자〉에 절대 동감한다) 나는 이 세상에서 먼저 멸종해야 할 동물은 인간이라고 생각한다. 그래야 다른 생물이, 자연이, 지구가 살아남을 수 있으니까. 이 나라 남자의 60%는 폭력범이거나 성폭행범죄자다. 내가 미모의 여자로 태어났으면 그런 남자들을 골라 죽이는 사이코패스(psychopath)가 됐을지도 모른다. 그런 소설인지 영화를 본 적이 있다. 문제는 그 여자가 항상 어떤 남자와 사랑에 빠져서 자기 본

분을 잊는다는 결말이다. 사랑이라니……. 이건 일련의 인간의 존재를 유지시키기 위한 속임수다. 사랑은 사기다. 그것 때문에 얼마나 많은 인간이 속아서 살아가고 결혼하는가? 그리고 남자에게 두드려 맞는가? 결말은 한 가지뿐이다. 배신과 죽음! 사랑은 반드시 대가를 치른다. 나도 사랑 때문에 딱 한 번 운 적이 있다. 일 년 넘게 사귀던 여자가 어느 날 결별을 선언한 것이다. 다음날 아침에 어머니가 밥상을 차려 주면서 "그 여자애 하고는 잘되니?" 묻는 말에 "헤어졌어요." 하면서 왕 울음을 터뜨린 것이다. 서른도 넘은 나이였는데……. 어머니는 얼마나 가슴이 아팠을까? 지금 그 아침을 생각하면 부끄럽고 가슴이 쓰리다. 유○인 이라는 섹시한 처녀로 연극을 무척이나 좋아해서 내가 발표한 연극 〈망나니〉를 보고 감동을 받았다는데 유치진 선생을 찾아가 연극을 하게 해 달라고 조른 모양이었다. 그때

〉〉〉〉〉

선생님은 그 처녀에게 나를 소개했다. “윤 군, 이 학생에게 연극에 대해 얘기해줘.” 선생님 사무실 앞 드라마센터 계단에서 그렇게 우린 만났다. 내가 바로 〈망나니〉 작가라는 걸 알고 여자는 한숨에 내게 반했다. 진짜 극작가를 만나다니……. 여자가 먼저 나를 유혹해서 데리고 다녔다. 그 당시 연습 중이던 내 작품 〈노비문서〉 연습장에 데리고 가서 연극을 시켜 보려고도 했는데 너무 초보였다. 대본이란 걸 처음 읽어 봤으니……. 그래도 계속 나를 따르다가 어느 날에는 “왜 나를 이렇게 놔두는 거예요?”라고 도전해오던 여자……. 그제서야 행동해야 한다는 걸 깨닫고 남산 타워 호텔로 데리고 갔다. 그런데 이 여자는 처녀였고 나도 처녀를 어떻게 상대해야 하는지 몰라 그냥 부둥켜안고 날만 새웠다. 바보들……. 얼마 후 여자는 내게 결별을 선언하고 일본으로 떠났다. 1970년대 초 일본 동경에 취직했다는 게 무슨 의미인지 나는 까맣게 몰랐다. 그로부터 얼마 후 나는 〈수사반장〉을 써서 돈도 벌고 이름도 날리기 시작했는데 2년 만에 이 여자가 일본에서 돌아왔다. MBC로 날 찾아오던 날 우린 제주도로 여행을 떠났다. 물론 그 여자는 이미 처녀가 아니었다. 동경의 어느 왜식집에서 호스티스를 했다는 고백……. 더 이상 결혼 상대는 아니라고 생각한 나는 내 쪽에서 멀리했다. 이 여자는 '여인극장'에서 배우로 활동하기 시작했고 그때 막 내게는 새로운 여자(지금의 아내)가 생겼다. 두 사람 다 체격도 비슷하고 살결도 비단결이고 미모도 뛰어난 여인들, 육체적인 면에서는 최고의 미인들…….

나는 고향이 없다. 회령에서 태어났지만 회령에서 보낸 어린 시절 초등학교 1학년 때는 비참한 나날이었다. 할아버지는 파평 윤씨의 명문대가인데다가 대지주였고 아버지는 대중가수로서 관동군을 위문 공연한 친일 인사였으니 북조선에 소련군과 인민군이 진주하자마자 아버지는 옥에 갇히고 2층 대주택은 몰수당해 쫓겨나 외가 소외양간 머슴들이 살던 마루방에서 살았다. 우리가 자는 머리맡에는 소먹이통이 있고 두 마리 소가 여물통을 뒤지는 그런 방에서 어머니와 나, 동생, 이모 네 식구가 자고 먹고 학교에도 다녔다. 어느 날 아버지가 감옥에서 탈출했다. 회령 경찰서에는 아버지의 팬들이 있었는지 간수들의 도움으로……. 감옥에서 나오자마자 아버지는 남한으로 도주했다. 나는 학교에서 왕따였다. 친일 반동분자의 아들이라 학교의 어떤 행사에도 참여시키지 않았다. 심지어 조회에도 나가지 못해 운동장이 내려다보이는 언덕에서 나와 비슷한 처지의 아이들과 놀았다. 물론 다른 애들은 다 가슴에 자랑스럽게 달고 있는 공산당(?) 배지도 받지 못했다. 어느 날 밤 남한에서 아버지가 우리 식구들을 데려가기 위한 밀사를 보냈다. 밤새워 짐을 꾸려 새벽에 도망치듯 회령을 떠났다. 이미 원산으로 가는 기차표는 밀사가 구해 왔다. 회령에서 원산까지는 기차로, 원산부터는 남쪽을 향해 연천까지 걸었다. 연천에서 임진강을 야밤에 건너서 남쪽으로……. 그 매일 매일의 상황은 진짜 소설 같다. 기억은 생생하지만 말하고 싶지 않다. 구질구질한 피란 길……. 그때는 누구나 다 겪은 얘기들……. 임진강을 건너자마자 미군들이 우리를 빈 초등학교로 데리고 가더니 온몸에 DDT 소독약을 뿌려 소독을 시킨 후 흰 쌀밥과 김치를 주는데 얼마나 감격했는지……. 쌀밥을 먹어 본 지가 얼마나 되는가? 그것도 큰 냄비에다 가득 퍼주며 마음대로 먹으라고 내주는 미군들이 우리에게는 구세주였다.

나는 굶어 본 적이 없다. 일제가 망하던 그 혼란 중에도, 6·25 전쟁 중에도 부모님은 우리에게 뭔가 먹을 것을 마련해 주셨다. 옥수수든 고구마, 토끼 고기, 군화 밑창 삶은 것까지……. 군화 밑창은 고무가 아니라 소가죽으로 되어 있어 밑창을 오래 삶으면 소고기가 된다. 질긴 소고기. 그런데 나는 그런 부모가 고마운 줄 몰랐다. 부모들이 당연히 다 그렇게 하는 줄 알았지. 모든 자식은 불효자식이다!

나는 노래를 잘한다. 내가 노래도 잘 부른다는 증거는 내가 군대에 갔을 때 논산 연병장에서 오락시간에 누군가 "윤대성이 노래 잘합니다." 소리를 지르는 바람에 끌려 나가서 훈련생 수천 명 앞에서 폴 앵카의 〈다이아나〉를 부른 것이다. 그래서 부대 내에서 별명이 다이아나로 통해 기합을 받는 일이 없었다. 훈련 중에 중이염이 걸려 귀가 조치되어 정식 제대를 못했지만……. 나는 어디 가서나 불려나가고 또 자청해서 노래를 부르는데 노래방은 질색이다. 귀청 떨어지게 불러대는 다른 사람들의 노래는 듣기 싫다. 그 분위기도 싫고 해서 늘 술 한잔 뒤에 노래방에 갈 때는 도망쳐 버린다. 그래서 친구들한테 왕따 당하기 일쑤다. 이 나이에 왕따를 당하면 또 어떤가? 난 혼자가 좋다. 늘 혼자 있기를 갈망하고 나 혼자 노는 게 좋다. 책과 음악과 함께……. 자전거를 혼자 타는 것도 즐겁고……. 옛날에도 공부밖에 모르는 쪼다였으니까. 내가 쪼다였기에 오늘날의 내가 있는 게 아닌가? 나는 걸어 다닐 때도 혼자 중얼거리고 다닌다. 소리를 내지는 않지만 뭔가 말하거나 숫자라도 센다. 1에서 100까지 반복해서 무슨 목표가 있어서 세는 게 아니라 그냥 멍하니 걷기가, 아무것도 안한다는 게 견딜 수 없어서 나 자신에게 욕이라도 퍼붓는다. “바보 병신 같은 새끼……. 바보짓만 하고 다니는 등신……. 나 같은 놈은 죽어야 돼.” 어머니도 혼자 죽게 내버려두고 아버지에게도 효도란 것을 해본 적이 없는 아들, 애초부터 효도란 것을 모르고 자란 에고이스트, 은행 월급을 타면 3분의 1만 집에 가져다 주고 혼자 써버린 못된 자식, 여동생에게도 남동생에게도 살갑게 정다운 말 한마디 해 준 적이 없는 저 잘난 맛에 사는 이기주의자……. "나 같은 놈은 진작 죽었어야 해!" 이건 진심이다. 돌이켜 보면 얼마나 바보 같은 행동을 많이 했던가? 나는 어떤 여학생이 좋으면 편지부터 썼다. 말은 못하고 글은 잘 쓰니 멋진 시 같은 편지를 써서 여학생 가방에 몰래 집어넣던지 누굴 통해 전달하던지, 고등학생 시절부터 대학 1학년 때까지 그런 소름끼치는 행동을 했다. 한번도 회답을 받거나 성사된 적도 없는 바보 같은 짓을……. 글을 너무 잘 써서 아마 그 소녀 중 누군가는 아직도 그 편지를 간직하고 있을지도 모른다. 어느 날 내가 죽은 후에 명사들의 편지 같은 게 경매에 나와 누군가 읽는다는 생각만 해도 등골이 오싹해진다. 지금 생각해 보니 연애를 성사시키는 게 목적이 아니라 누군가 대상을 정해 놓고 혼자 좋아하고 상상하면서 편지를 써서 보내는 그 자체를 즐겼는지 모른다. 나는 이메일(email) 외의 SNS를 어떤 것이든 하지 않는다. 트위터, 페이스북, 카카오톡 등에 가입하라는 권유가 빗발쳤으나 늘 무슨 핑계를 대든지 해서 가입하지 않았다. 서로 소식을 주고받고 모임을 알리고 새로운 뉴스를 듣는 데 유익하다고 설득하지만 그런 매체를 통해 주고받는 뉴스나 소식들은 다 쓰레기 정보 아닌가? 몰라도 되고 알아서 좋은 게 하나도 없는 시간만 낭비하는 내용들. 제3국에서 SNS 매체를 통해 정치 상황을 알리고 서로 급박한 소식을 주고받아 전 세계에 퍼트려 SNS 혁명을 일으킨 결과 '아랍의 봄'을 가져와 중동에 민주화의 바람을 일으켰다고? 하지만 지금 그 결과는 어떤가? 아랍인들끼리 서로 죽이는 전쟁과 수많은 피란민만 양산하지 않았는가? 광화문의 '촛불혁명'이 SNS의 활약 때문에 불붙었다지만 정말 그런가? 자연발생적인 시민의 참여와 절망, 분노의 표출이 촛불을 들게 했지. 내가 그나마 이메일 하나를 유지하는 것은 학생들과의 소통, 작품이나 리포트를 받기 위한 것이다. 이메일도 구글(google) 하나만 쓴다. 국산 포털에 가입해보니 웬 쓰레기 같은 천박한 광고가 뜨는지 보고 있을 수가 없다. 내가 너무 보수적인 생각을 갖고 있어 그렇다고 하겠지만 천박한 농담 주고받기, 악플 달아서 멀쩡한 사람 병신 만들기, 정치에 개입해 선거 조작이나 하려는 게 우리 SNS의 역할이 아닌가 싶다. SNS를 치졸하게 쓰는 세계 최고의 명사가 트럼프라니…….

나는 절대로 천재가 아니다. 그런데 천재들이 갖고 있는 공통점을 다 갖고 있다. 첫째로 키가 비

정상적으로 작다는 것(세상의 천재들을 살펴보라. 괴테와 실러를 제외하고는 거의 모두가 키가 작거나 신체에 결함이 있다), 둘째 예민한 성격. 모두 극도로 소음을 싫어한다. 층간 소음 때문에 아파트에 사는 동안 수없이 싸우거나 이사를 해버리거나 결국은 서울 외곽에 땅을 사서 어떤 소음도 침범 못하는 돔형 주택을 지어 살았다. 그런데 10년도 못가 집 뒤로 고가도로가 생기고 내 집 바로 옆으로 인터체인지가 들어서면서 공사소음을 또 겪게 되었다. 나는 이 나라에서는 살 곳이 없구나……. 절망했다. 집을 헐값에 토지공사에 넘겨 버리고 변두리 빌라로 이사했다. 내게 우울증이 생긴 것은 이때부터다. 타인에 대한 무관심과 무심함이라는 갑옷을 입고 남에게 관심을 기울이지 않는 절대 고독자가 되려는 신경증세도 천재들이 갖는 공통점의 하나다. 그래서 나는 자살을 꿈꾼다. 절대로 병상에서 오줌을 지리며

숨을 헐떡이다가 죽지는 않을 것이다. 의사 친구에게 약을 구해 달라고 부탁은 했지만 들어줄 것 같지는 않다. 권총을 구할 수 있다면 얼마나 좋을까…….

나는 학교 다닐 때 항상 맨 앞줄에 앉았다. 유치원부터 대학에 다닐 때까지 늘 앞줄 첫째 자리가 내 자리였다. 내가 키가 작아서 그런 것도 있고 앞줄에 앉으면 선생님의 말씀을 잘 들을 수 있기 때문이다. 그러니 성적이 좋을 수밖에, 나는 공부 잘하는 꼬마로 찍혀 큰 애들이 숙제를 해달라거나 시험 때 내 옆에 앉는 게 경쟁이었다. 키 크고 잘생긴 애들은 늘 뒷줄에 앉아 있는데 사실 그런 애들이 공부를 잘할 리가 없다. 6·25 사변 중에는 교실에 책상걸상이 없었다. 주민들이 다 훔쳐가서 땔감으로 썼을 것이다. 그래서 우리는 그냥 마룻바닥에 앉아서 공부를 했다. 한 반에 5, 60명쯤 옹기종기 둘러앉아서. 그러니 시험 시간만 되면 내 자리 옆은 깡패 형들이 둘러싸 내 시험지를 훔쳐보고 답안지를 썼다. 선생은 알면서도 모른 척했다. 그 형들은 나이도 많고 힘도 세서 무서운 게 없었다. 시험이 끝나면 형들은 나를 데리고 나가 빵집에서 빵을 사주거나 짜장면을 먹여 주었다. 그리고 어떤 형은 연극을 좋아해서 나를 데리고 명동 국립극장에서 '신협' 공연을 보여 주었다. 그때 '신협' 극단에서 하는 셰익스피어 작품을 다 보았다. 그래서 내가 연극에 빠진 계기가 되지 않았나 싶다. 물론 아버지의 영향도 컸지만……. 내 시험지를 베끼고 졸업한 친구들은 다 대학에 갔다. 나는 연세대학교에 무사히 입학했고 다른 친구들은 삼류대학에 입학했다. 그때는 SKY 대학 빼고 어떤 대학이든 응시만 하면 다 붙여 줬다. 그런데 그 대학에 간 친구들이 영어 시험 때만 되면 나를 부르는 것이다. 내가 영어를 잘했고 그 친구들은 영어라면 머리를 내젓는 삼류 대학생이었으니. 그래서 나는 강당 같은 곳에서 치는 영어시험을 매 학기 가서 대리시험을 쳐 주었다. 그때는 강당 같은 곳에서 한 백 명 몰아놓고 시험을 쳤는데 본인인지 확인하는 방법은 양복 안감을 제쳐보게 하는 것이다. 당시에는 기성복이란 게 없어 대학생은 다 양복을 해 입었는데 안감에 이름을 새겨 주었다. 그래서 시험관은 시험지에 미리 써 놓은 이름과 양복 안감의 이름이 같은지를 대조해서 본인인지를 확인했다. 물론 머리 좋은 우리는 밖에서 양복을 바꿔 입고 시험장에 들어갔지. 대학의 중간 시험, 기말 시험 영어는 내가 다 쳐주었고 그래서 그 친구들을 다 졸업시켜 주었다. 내가 중학교(피란 시절이라 종합중학교)부터 대학까지 시험을 쳐준 제일 친했던 친구는 50 겨우 넘긴 나이에 암으로 죽었다. 그러고 보니 내가 친했던 친구는 그 후로 다 죽었다. 연세대 법학과

동창이던 이수형, 서로 양쪽 집에 가서 자고 놀고 방학이면 시골에 가서 같이 공부하던 친구는 한 여름에 수막염인지 뇌염에 걸려 죽었다. 그 여름에 그 친구와 같이 공부를 해서 나는 그 해 가을 한일은행 시험을 쳐 합격했다. 1964년에 나는 은행원이 된 것이다. 밤에는 남산 드라마센터 연극아카데미에서 극작공부를 하는 학생으로. 유치진 선생님은 내가 은행에 합격했다는 소식을 듣더니 반가워하기보다는 "그럼 앞으로 극작가 되기 힘들어." 하셨다. 나는 3년만 할게요 약속하고는 6년 동안 은행을 다니다 사표를 냈다. 부모에게는 미친 짓을 한 장남이었다. 연극에 미친……. 내가 연극에 데뷔하면서 친하게 된 친구는 '실험극장'의 배우, 연출가이면서 서울연극협회 회장이던 김동훈이다. 한 아파트에 같이 살았고 나의 장편 〈망나니〉를 제작하고 출연해서 나를 화려하게 연극계에 데뷔시킨 친구이다. 〈사의 찬미〉, 〈너도 먹고 물러나라〉, 〈파벽〉 등도 이 친구가 '실험극장' 대표였을 때 공연한 작품들이다. 우리는 밤마다 압구정동 그 유명한 만두집에서 미녀 마담인 옥혜경을 서로 사랑하면서 같이 술을 마셨다. 거의 매일. 연극계의 유명 인사들이 이 집에 모여서 술을 마시고 담소했다. 즐거운 시절이었지. 그런데 나의 제일 친한 친구 김동훈이 50을 막 넘긴 나이에 간경화로 죽었다. 매일 술을 마셨으니까. 보성고등학교 때 제일 친했던 친구 김윤화는 고려대 1학년 다니고 자살했다. 중학교, 고등학교, 대학, 그리고 연극 활동 시절의 내 친구들이 다 죽었다. 이젠 내 차례다.

나는 책 읽는 것 외에는 음악을 듣는 게 유일한 취미다. 잠을 청할 때도 이어폰을 귀에 끼고 잠이 든다. 그래서 어느 날 깨어나 이어폰을 뺐는데 귀가 먹통이 되어버린 것이 아닌가? 아무 소리도 들리지 않는 것이다. 이비인후과로 달려가 진찰을 받았는데 의사한테 야단만 맞았다. 애들도 아닌 늙은이가 이어폰을 끼고 자다니……. 다행히 회복은 되었지만 그 다음부터는 무선 헤드폰을 쓴다. 음악은 유럽 중세 음악 〈카브리나브라나〉에서부터 바흐의 곡은 다, 스트라빈스키의 〈봄의 축제〉, 필립 그라스, 존 케이지에 이르는 다양한 음악을 좋아한다. 재즈는 무조건 좋아한다. 루이 암스트롱에서 존 콜트레인, 윈튼 마살리스, 에디 히긴스에 이르는 고전에서 현대까지의 재즈를……. 쿵작거리는 우리 신파 대중가요는 질색이다. 우리 젊은 음악가로는 신해철의 음악과 노래, 그 카리스마에 감복했는데 천재라서 일찍 죽었나? 죽였나? 나는 택시 안에서 뽕짝 가요가 흘러나오면 기사가 기분 상하지 않게 조심해서 음악을 줄여달라고 한다. 나는 이 글을 쓰고 있으면서 재즈를 켜놓고 듣고 있다. 오스카 패터슨의 피아노 재즈를……. 아무것도 안 하면서 시간을 보낸다는 것을 나는 못 견딘다. 무언가를 해야 한다. 책을 읽든 음악을 듣든……. 책은 너무 읽어서 책방을 뒤져도 볼만한 책을 찾기가 힘들다. 다 아는 얘기, 뻔한 결말의 반복, 그래서 미래학에 관한 책을 읽는데 유발 하라리의 〈사피엔스〉, 〈호모데우스〉를 읽고 나니 더 이상 미래를 기대하고 볼 책이 없다. 인간의 미래에 대한 기대는 아예 하지도 않지만……. 나는 내 머리맡에 읽을 책이 없으면 맥이 빠진다.

나는 새 학기가 시작되면 학생들을 개인적으로 내 교수실로 불러 면담을 한다. 가정환경, 어떻게 자라왔는가? 지금의 고민은 무엇인가? 여학생의 경우 거의 반 이상이 가족이나 친족으로부터 성폭행을 당한 경험을 지니고 있다. 그래서 남자 기피증 같은 콤플렉스를 가슴 깊이 묻어두고 있다. 남학생들은 좀 덜 하지만 아버지의 폭행, 주로 엄마를 폭행하는 아버지의 기억을 갖고 있다. 울면서 하는 얘기를 듣고 있으면 이 나라 남자들의 속성이 폭행이나 성폭력이 아닌가 싶다. 제 자식을 때려죽이거나 아내를 구타하는 행위로 자신의 분노를 다스리려 하는 아버지와 남편들……. 면담하는 학생들에게 자신의 경험을 글로 쓰기를 권유한다. 마음 속에 숨어 있는 상처를 작품으로 드러내면 치유가 되는 경우를 나는 목격한다. 나 자신의 상처도 작품을 쓰면서 치유되는 경험을 했으니까. '이혼 예찬'이라는 타이틀로 윤대성 페스티벌에서 세 편을 공연했는데 다 나의 상처를 드러낸 작품들이다. 〈두 여자 두 남자〉, 〈이혼의 조건〉, 〈당신 안녕〉. 나와 면담을 한 학생들은 나중에 그 상처를 바탕으로 희곡을 써서 신춘문예를 통해 데뷔에 성공한다. 자신의 절실한 경험을 작품으로 그렸으니까. 그런 학생들이 한두 명이 아니다. 나는 학생들 다 있는 첫 시간에 성교

육을 한다. 남자를 고르는 방법, 여자에게 호감을 느끼게 하는 남자의 매너, 아주 가벼운 폭력이라도 폭력을 쓰는 남자는 절대로 멀리할 것, 용서하지 말고 차라리 고독을 즐겨라. 한국 여자들이 결혼하기를 겁내는 이유 중 하나가 한국 남자의 폭력성이다.

어느새 나는 65세 정년 퇴직할 나이가 됐다. 내가 정년을 맞는다는 것을 알고 한국예술 종합학교에서 객원교수로 초빙했다. 3년간 나는 한예종 극작과 학생들을 지도했다. 3년 뒤에 나는 어디 가서 뭘 하며 살까. 말년에 내가 정착하며 살 곳을 마련하기로 작정했다. 내 고향인 회령에 돌아가기는 어렵고 설사 통일이 된다 하더라도 그 춥고(겨울엔 보통 영하 20도 이하) 여름엔 더운 두만강변 회령에 돌아가고 싶은 생각은 추호도 없다. 정년퇴직하고 5, 6년 더 살다 죽을 때는 어디서? 당시에는 70세 전후에 죽는 게 당연했으니까. 내가 남한에서 잘 가던

곳은 유치진 선생의 고향 통영과 차범석 선생의 고향 목포였다. 방학이면 친구가 있어 늘 찾아가던 통영과 목포를 여행하면서 집터를 찾기로 마음먹었다. 우선 통영부터 가서 거기 친구들과 바닷가 땅을 보러 다녔다. 그러다가 밀양에 있는 제자 이윤택이 연극촌을 꾸미고 살림까지 하며 거기서 산다는 얘기가 생각나서 전화를 했더니 당장 오라고 한다. 통영에서 버스를 타고 밀양에 가보았다. 여름 연극제를 막 준비하고 있던 이윤택은 여기 땅이 있으니 집을 짓고 살라고 권한다. 옛날 초등학교 터에 소극장, 대극장, 사택까지 지어서 본인도 살고 단원들도 함께 공동체를 이루며 살고 있었다. 젊은 연극인들이 북적거리는 활기찬 모습에 나는 당장 그러기로 결정하고 학교 안의 일부 땅을 20년간 쓸 수 있도록 시에서 분양 받아 집을 지었다. 무대감독이며 목수 자격도 있는 김경수 감독이 집을 지어 주었다. 그해부터 여름방학이나 겨울방학이면 밀양에 내려와 축제 심사위원도 하면서 작품도 썼다. 정년퇴직 후에 내가 쓴 작품들, 〈꿈꿔서 미안해〉, 〈한번만 더 사랑할 수 있다면〉, 〈아름다운 꿈 깨어나서〉, 〈동행〉은 밀양연극촌 내 별장에서 쓴 작품들이다. 아내는 밀양 내 별장에 한두 번 내려와 보고는 이사 올 생각을 안 한다. 아내 친구들, 친척들이 다 서울에 있으니……. 나는 밀양에 혼자 내려와 있는 게 좋다. 혼자 음악 듣고 책 보고 글 쓰고……. 자전거를 타고 여기저기 바람을 맞으며 운동 삼아 다니는 재미……. 혼자의 재미에 푹 빠져 버렸다. 나는 한예종 3년 기간을 마치고 다시 서울예술대학에 초빙교수로 돌아왔다. 옛날 월급을 받으면서 학생들을 다시 지도했다. '희곡론'과 '극작술'을. 내 희곡론 강의는 전국에 알려질 만큼 유명해서 강의 시작 때마다 강의 신청 하는 학생들로 인산인해를 이룬다. 그 학교 극작과에 가면 윤대성 강의 하나는 꼭 들으라는 게 선배들로부터 전해 내려온 충고라나……. 이 대학 학생뿐 아니라 타 대학, 지방대 학생들도 청강하러 온다. 가능한 나는 다 받아준다. 교실 의자가 모자라지 않는 한…….

나는 항상 아침에 글을 쓴다. 커피 한잔과 빵 한 조각을 먹은 다음 아침 8시부터 10시 사이, 그때가 정신이 제일 맑은 때다. 물론 그 전 7시부터 7시 반 사이에 자전거를 타지. 나는 학교에 갈 때는 지하철을 탄다. 송추 주택에 살 때도 나중에 집을 헐고 의정부 빌라에 살 때도 안산 학교까지 지하철에서만 거의 두 시간, 왕복 5시간을 지하철에서 보낸다. 지하철에서는 책을 읽을 수 있고 잠도 잘 수 있을 뿐 아니라 학교에서 집에 가는 전철 안에서 학생들이 낸 작품이나 리포트를 다 읽는다. 수업준비, 시험채점 다 지하철에서 한다. 아내나 제자가 승용

차로 데려다 준다고 해도 절대로 거절한다. 시간 낭비니까…….

나는 거의 매일 술을 마신다. 그렇다고 알콜 중독자는 아니다. 절주하니까. 와인 큰 병의 4분의 1인 180ml를 하루 저녁에 야채, 치즈, 과일 샐러드와 함께 먹고 마신다. 야채를 먹기 위해 마시는 셈이다. 우리 집안에서 둘째 할아버지, 작은아버지 두 분, 그리고 내 아버지까지 아버지의 형제 세 분이 다 술 때문에 심장마비로 돌아가셨다. 내 아들 또한 알코올 중독자가 되어 자다가 심장마비로 죽었다. 세월호의 침몰이 아들을 침몰시켰다. 1년 넘게 열심히 준비하던 야외 뮤지컬 작품(여수 앞바다를 배경으로 한 이순신 프로젝트)이 세월호 때문에 중단되자 팀원들에게 미안해서 같이 술만 마신 것 같다.(아들 윤상훈은 극작가이자 연출가였다) 설마 내 아들이 알코올 중독자가 되리라고는 생각도 못했다. 대학생이

된 후로 매일 소주 두 병을 마셨다니 병원에 데려가서야 알았다. 대학 때 신촌에 방을 얻어주고 혼자 살게 한 게 화근이었다. 군대 제대 후 마지막 대학 생활을 부모 잔소리 안 듣고 마음대로 낭만적으로 살라고 오피스텔을 얻어주었더니 매일 술을 마신 것이다. 학생회장까지 하면서 애들을 거느린 물주 노릇을 했는지 연극을 하면서도 여전히 팀장으로서 물주 노릇을 한 것 같다. 연애도 하고 애인을 오피스텔로 부르기도 하는 걸 눈치 채고 있었으나 본인이 연극을 하면서 가족을 거느릴 능력이 없어 결혼을 안 하는지 못 하는지 그러다가 세월호와 함께(세월호 침몰 두 달 후) 39세에 자다가 죽었다. 지금도 나는 술을 마시며 아들에 대한 죄책감에 시달린다. 외아들을 잃은 나에겐 미래가 없다. 오직 절망 속에서 죽음만을 생각하고 있는 나를 이윤택과 손진책이 찾아왔다. 죽은 아들을 기리기 위해 '윤대성 희곡상'을 만들어 아들에게 줄 유산을 극작을 위해 공부하는 신인작가를 발굴하는 자금으로 쓰고 남은 돈은 '윤대성 문학관'을 밀양 연극촌 안에 지어 나의 모든 연극자료들, 책, 생활도구 일체를 여기에 전시하는 일을 하자고……. 나는 이제 살아갈 이유를 발견했다. 2015년에 '제1회 윤대성 희곡상'의 수상자가 탄생했다. 곧 '윤대성 극문학관'도 건립되었다. 문학관 앞에는 연못을 팠다. 〈한지붕 세가족〉 팀의 심양홍과 임현식이 자금을 지원했다. 문학관 명판은 압구정동 만두집 마담인 옥혜경이 돈을 보내 만들어 주었다. 그 연못 앞 나무 아래 내가 묻힐 자리도 지정해 주었다. 내가 죽어 내 유골이 여기 묻히면 연극인들이나 내 제자들이 여름 축제마다 방문하는 연극인의 성소(?)가 될지도 모른다.

나는 영화를 보며 운 적이 두 번 있다. 헤밍웨이의 〈노인과 바다〉를 영화화한 것을 보고 주인공

스펜서 트레이시와 함께 펑펑 울었다. 또 한 편 아서 밀러의 〈세일즈맨의 죽음〉 윌리 로만 역의 리 제이 콥과 함께 울었다. 물론 혼자 극장에서 보면서……. 그 외에는 영화를 별로 좋아하지 않는다. 여자와 딱히 갈 데가 없으면 할 수 없이 보았지만……. 내 아들과 극장에서 마지막으로 같이 본 영화가 〈레미제라블〉이다. 같이 감동하고 본 영화! 빌어먹을 미제라블 미!

'Killing the time'이라는 말이 있다. 우리말로 '시간 죽이기'. 너무 할 일이 없어 심심해서 시간을 어떻게 죽이나 그런 의미로 쓰는 말 같은데 나는 그 진정한 의미가 뭔지 몰랐다. 나는 심심한 적이 없었으니까. 대학 졸업하고 군대 잠시 다녀오고 나서 1964년 한일은행에 취직, 1970년 지점장 대리 하다가 사표 내고 작가의 길로 나가 1970년대 초 MBC에서 〈수사반장〉을 매주 한 편씩 써야 했고, 80년까지

〉〉〉〉〉

방송국에서 틈나는 대로 희곡을 써서 발표하고, 80년에 서울예대에 가서 전임교수로 강의를 시작해서 2014년까지 초빙교수로 학생 지도, 작품 발표 등 50년 동안 심심할 새가 없었다. 50년 동안 글 써서 발표하고 학교에서 가르치고 쉴 새 없이 일하며 돈을 벌었다는 뜻이다. 나는 나 자신의 입에서 나온 말이나 내가 한 약속을 어겨 본 적이 없다. 안 지켜도 되는 약속을 지켜서 스스로 손해 보는 때가 많다. 그러니 돈이 모일 새가 없다. 극작가 중에는 부자 축에 든다고 하지만 애들 장학금 주고 기부하고 큰 돈이 생길 수가 없다. 이제는 편안하게(?) 죽을 비용만 남겨놓고 실버타운에 들어와 아득한 미래를 준비하고 있다. 나는 신을 믿지 않는다. 대학 2학년 때는 신을 믿을 뻔했다. 성당 성가대에는 내가 좋아하는 여학생이 있었으니까. '마리아'라는 이름의 여대생……. 내 공식적인 첫사랑의 여인……. 나의 어리석음으로 잘 이루어지지는 않았지만 내 작품 〈출발〉에 그 이름이 살아 있다. 마리아는 살아 있을까? 나를 알고 기억하고 있을 텐데…….

나는 늘 77세까지만 살겠다고 맹세했다. 내 아버지도 69세에 돌아가셨고, 스승인 유치진 선생도 69세에 돌아가셨다. 난 77세면 충분히 살았다고 생각한다. 그래서 77이 내 좌우명처럼 되어 버렸다. 계단을 오를 때도 77까지 세고 운동할 때 팔 굽혀 펴기를 할 때도 77까지만 한다. 그런데 문제는 언제 어떻게 죽느냐가 문제다. 나는 죽는 방법에 관해서 아주 구체적인 연구도 했다. 관계된 책도 많이 구해서 보고 흔적도 없이 자살하는 법 등……. 문제는 그 후유증이 남기는 상처를 어떻게 감당 하느냐다. 유서를 남기자, 그러나 아직은 아니야, 아직은……. 유치하고 우스꽝스러운 문제를 스스로 제기하면서 웃는다. 와인 한 잔을 따라 마시고 음악을 들으면서

몽롱한 정신으로 내 주변을 둘러본다. 어디를 보나 책이다. 내가 저 많은 책을 읽었나? 뭣 때문에? 다 허튼 짓이다. 그래도 책들이 아까워서 이대로 죽어 버리기는 싫다. 남들에게 다 주어 버리자. 누가 갖고 싶기나 할까? 실버타운에 들어와서 매일 매일을 죽음 하나만 기다리면서 사는 노인들을 본다. 나도 그 노인 중의 하나일 뿐이지만……. 그냥 존재한다는 것, 먹고 마시고 자고 그렇게 사는 것이 무슨 의미가 있는가? 살다가 딱 한번 한 밤중에 119를 불러 앰뷸런스에 실려 병원 응급실에 간 적이 있다. 갑자기 몸에 열이 오르고 오한에 온몸이 떨려 아무리 이불을 덮어 써도 견딜 수가 없었다. 새벽에 가까운 밤중이라 아내는 따라 오지 말라고 하고 혼자 앰뷸런스에 실려 병원에 갔다. 응급실에서 검사를 하고 열을 내리는 조치를 취하고 누워 있은 지 한두 시간 만에 열이 정상으로 돌아왔다. 의사는 원인을 모르겠다며 바이러스 감염 탓이 아닌지 아침에 입원해서 더 검사해 보자고 했다. 나는 움직일 수 있으면 그냥 집에 가겠다고 우기고 택시를 불러 타고 집으로 돌아왔다. 아무리 생각해도 원인은 전날 낮 대학로에서 학생 지도를 마치고 뒤풀이를 하는 중 먹은 정체불명의 안주 때문이었던 것 같다. 그 후로는 안주는 조심해서 골라 먹는다. 까다로울 정도로 믿을 만한 음식점에서만……. 길거리 음식은 절대 사절……. 그리고 많이 먹지 않는다. 밥이건 안주건, 술이건 늘 조금 먹는 게 버릇이 됐다. 그래서 체중도 유지하고 실수하지 않고 배탈은 물론 독감도 걸리지 않는다. 나이 70이 넘어서 독감을 앓은 적이 한번도 없다. 한번 입원이라도 해 봤으면 좋겠다는 생각이 날 정도로……. 보험금을 한번도 타 먹은 적이 없으니 그것도 억울하고(?) 지금 이 글을 쓰고 있는 내 나이는 79세, 아홉수를 넘기기나 할지, 이 책이 나오는 것을 보게 될지, 80을 잘 맞게 될지……. 올리버 삭스(미국의 정신의학자)는 자신의 자서전에서 나이 80이 인생에서 가장 여유 있고 자유로운 시간이 될 것이라고 80이 다가오는 것을 기대한다고 썼다. 이제는 80이 아니라 90도 쉽게 바라볼 수 있는 세상이 되었다. 그러나 90에 무엇을 기대하겠는가?

나를 넘어서 살아야 할 의미가 있어야 한다. '윤대성 희곡상'을 만들어서 내 제자들에게 힘을 주는 일, '윤대성 극문학관'을 키워 나에 관한 자료들을 후세에 남기는 일, 나를 위한 삶이 아니라 타인을 위해 나를 희생하는 삶이 가치가 있는 삶이 아닐까? 내 죽음이 의미 없는 것이 되지 않기 위해서 나는 지금 나의 삶에 스토리를 만들고 있다. 밀양 내 서재 '윤대성 문학관' 앞 연못에는 아침마다 수련이 핀다. 분홍, 노랑, 하양, 빨강 네 송이가 수줍은 듯

연잎 사이로 고개를 내민다. 그 수려한 자태가 너무 아름답다. 그러다 햇빛이 머리 위로 올라올 즈음에는 꽃잎을 닫고 잎 사이에 몸을 숨긴다. 무엇이 부끄러운가? 무엇이 두려운가? 햇빛이? 시간이? 아니면 자신의 모습을 살짝 보이는 것만으로 그날 할 일을 다 했다고 말하는 것일까? 오늘 나는 내 일을 다 했나? 내 삶의 스토리를 만들어 가면서 80에 다가오는 내 종말을 보고 있는 게 아니라 내일의 새로운 빛을 바라본다고 스스로에게 다짐해 본다. 그런데 그 빛은 어디서 오나?

그런데 늘 죽음을 생각하는 최근에 놀랍게도 70살에 멈추어 버렸던 섹스를 아내와 다시 할 수 있게 되었다. 아무 도움도 없이……. 나보다 열 살 가까이나 어린 아내는 70이 되어서 운동으로 단련된 그 탄탄한 몸매에서 윤기가 나며 아름답게 꽃이 핀다. 나는 미켈란젤로의 다윗상처럼 굳세게 서 있다.

〉〉〉〉〉

나는 아내와 다시 사랑에 빠졌다. 조금 더 살아야 할 이유가 생겼다. 아내가 끝난 후 묻는다. 80 나이에도 이렇게 하는 사람이 있느냐고. 나는 자신 있게 대답한다. “있지, 피카소!”

윤대성의
작품세계

윤대성 희곡과 허무의식[1]

홍창수_고려대 교수 · 극작가

1. 시작하는 말

극작가 윤대성(1939~)은 1967년 《동아일보》 신춘문예로 등단한 이래 지금까지 40여 년 간 극작 활동을 해온 한국 현대희곡사의 산증인이라 할 수 있다. 그는 등단 후 장막극 〈막난이〉[2]를 발표하여 연극계에 두각

1 이 글은 원래 「윤대성 희곡과 허무의식」이라는 제목으로 『어문논집』 60호(민족어문학회, 2009.10)에 발표한 논문을 이 책의 편집 체제에 걸맞게 연구사 검토, 참고문헌 등을 삭제하고 본론을 최대한 축약한 것임을 밝힌다. 원 논문은 위의 학술지와 홍창수 저, 『연극과 통찰』(연극과인간, 2010)에 실려 있다.

2 1969년 극단 '실험극장' 공연 당시의 제목은 '망나니'가 아니라 '막난이'다. 이후 희곡집에서는 '망나니'로 통일하였다. 1969년

을 나타내었고 문제작들을 계속 발표하여 한국 현대 희곡사에 중요한 한 획을 긋게 되었다.

지금까지 발표되고 공연된 희곡 전체를 통독한 결과, 윤대성의 희곡에 나타난 작가 의식을 살피는 것이 중요하며, 특히 논점을 좁혀 윤대성의 다양한 작가 의식 가운데 허무의식을 분석하는 게 중요하다고 판단되었다. 윤대성의 희곡 전체를 대상으로 살펴보면, 〈출발〉, 〈노비문서(奴婢文書)〉, 〈당신, 안녕〉에는 허무의식이 짙게 깔려 있다.[3] 허무주의 세계를 축조한 〈출발〉은 1967년 윤대성을 공식적인 극작가로 명명해준 《동아일보》 신춘문예 당선작이다. 1973년 〈노비문서〉는 민중의 낙관적 역사적 사실을 비극적으로 뒤집어 허무주

공연 당시의 팸플릿 《막난이》 참고.

3 이 세 작품 외에도 김우진과 윤심덕의 동반 자살 사건을 다룬 〈사의 찬미〉(1988)가 해당될 수 있겠다. 그러나 이 작품의 중심 테마는 동시대 연극계의 열악한 현실 문제이고 과거의 동반 자살 사건은 극중극일 뿐이어서 이 작품 자체가 허무의식이나 허무주의를 극화한 것은 아니다.

의화한 것이다. 2001년에 발표된 〈당신, 안녕〉은 노인의 일상으로부터 존재와 세계의 허무를 자각한 작품이다. 비록 세 작품만이 논의의 대상이라 하더라도 세 작품에 나타난 허무의식 또는 허무주의의 특성은 윤대성 작품 세계를 이해하는 데 중요하다. 허무의식은 작가가 존재와 세계, 사회와 역사에 대한 절망의 극점을 표출한 것이어서 작품 및 작가 세계 이해의 중요한 지표로 작용하기 때문이다.

본격적인 논의에 앞서 허무주의 또는 니힐리즘의 개념을 정의하고 이해할 필요가 있다. 허무주의 또는 니힐리즘의 개념은 가치와 의미를 지닌 것은 아무것도 없다고 여기는 정신 상태를 가리킨다. 그것은 보다 특수한 사회적 · 지적 요소와 연관되고 있는데, 결코 자연발생적인 개인적 불만의 표현이 아니라 문화의 한 요소다.[4]

---

4 고드스 블롬 저, 천형균 역, 『니힐리즘과 문화』, 문학과지성사, 1992, 11면.

역사적으로 볼 때 '니힐리스트'란 말은 근원적으로 욕된 용어의 하나였다. 이 용어는 프랑스 혁명 때까지 소급된다. 당시의 사전들은 니힐리스트를 '정치적으로는 편견이 없는 자'로부터 '건달패'까지를 포함하고 있다. 이후 19세기 전반기에 이 용어는 성행했는데 어리석은 것에서 유해한 것까지 일련의 부정적 의미가 내포되어 있었다. 또한 19세기 러시아의 니힐리즘은 정치적으로는 자유주의적이며 철학적으로는 유물론적이고 정신적으로는 무신론적이었다. 19세기 말 서구에서는 니힐리스트가 올바른 것이란 아무것도 없다고 믿는 선택된 소수를 가리킨다. 이처럼 허무주의 개념은 18세기 후반부터 19세기 말까지 나라와 시기마다 조금씩 다르게 이해되어 왔으며 20세기에 들어와서야 직접적이든 간접적이든 니체의 사상과 연관시키지 않을 수 없게 되었다. 니체는 허무주의를 가장 고귀한 가치를 평가 절하하는 것이라고 정의한다. 정통적이든 혁명적이든 간에 니체에게 모든 기존의 가치는 죽은 것이다.

모든 것은 덧없고, 삶이란 아무 목적도 없으며, 우리가 존재의 속성으로 보고 있는 어떤 목적도, 존재에 대한 해석에 불과하며, 허구적이고도 지지할 수 없는 것이다.[5]

니체의 허무주의는 현상 형식으로서 불완전한 허무주의와 완전한 허무주의가 있으며 완전한 허무주의로 가는 데에도 수동적 허무주의와 능동적 허무주의가 있다. 니체는 완전한 허무주의를 고전적 허무주의라 부르면서 자신의 허무주의를 고전적 허무주의로 파악하였다. 그가 궁극적으로 추구하는 완전한 허무주의, 고전적 허무주의는 영원회귀 사상이며 초인에 의해 허무주의를 극복하는 허무주의다. 허무주의중 가장 극단적인 허무주의인 이것은 허무주의마저 부정하는 허무주의로서 삶을 부정하는 어떤 것도 초극함으로써 '현재를 긍정하는 가운데 삶 전체를 긍정함으로써' 허무주

5 위의 책, 22~34면 참고.

의 세계에서 벗어나는 것을 말한다. 따라서 이 지점에 오게 되면 니체가 추구하는 궁극적 허무주의는 일반적으로 생각하듯 단순히 이 세상에 가치와 의미를 지닌 것이 아무 것도 없어 삶을 '부정하는' 허무주의를 극복한 것이다. 따라서 니체의 철학적 개념을 작품 분석의 개념으로 설정했을 경우 본고의 목적인 윤대성 희곡에 나타난 허무의식 또는 허무주의의 양상과 특성을 일차적으로 밝히는 데 적잖은 혼란을 초래할 수 있다. 본고에서는 일반적 정의에 따라 허무주의 개념을 적용하고자 한다.[6]

[6] 니체의 니힐리즘 현상 형식에 관해서는 마틴 하이데거 저・박찬국 역의 『니체와 니힐리즘』(철학과현실사, 1986)의 17~42면, 백승영의 『니체, 디오니소스적 긍정의 철학』(책세상, 2005)의 193~264면 참고.

2. 폐허의 세계와 절대 허무, 〈출발〉

윤대성의 〈출발〉(≪동아일보≫, 1967.1.8.)은 한국 현대 단막극의 백미에 속하면서 1960년대 허무주의의 한 단면을 보여준다.[7] 이 작품에서 사나이와 승무원, 두 인물의 설정은 인물의 경제성을 실현한다. 특히 두 인물의 명료한 대립은 이 작품의 비극적 허무주의를 예각화한다. 허무주의의 색채는 무대 공간, 인물, 대립적인 상황 등을 통해 구체화된다.

무대 공간은 폐쇄된 간이역이다. 오년 째 기차가 서지 않고 지나가기만 하는 곳이다. 시간표대로라면 정각 0시 도착, 0시 1분 발착이다. 1분밖에 정차하지 않는 곳이지만 이것도 지켜지지 않는다. 시간표의 기표와, 기의가 부동하다. 따라서 이곳은 승객이 없어 역의

7 유민영은 이 작품이 현실과 이상의 괴리, 갈등을 묘사한 전후 니힐리즘을 단적으로 보여주었다고 한다. 유민영, 「좌절과 비극의 작가」, 『신화 1900』, 예니, 1986, 357면.

기능을 상실한 곳이며, "시간을 알 필요가 없으니까"(6면), "시계가 소용이 없"(6면)는 곳이다. 이 인적 없는 공간의 의미는 종점의 부재로 심화된다.

승무원 다음 역엔 기차가 서지. 그런데 도대체 어디까지 가시는 거요?

사나이 아무데로나. 기차가 머무는 곳 아무데로나…….

승무원 그렇지만 어디 목적지가 있을 게 아니오?

사나이 네, 종점까지 갑니다.

승무원 핫하, 종점은 여기랍니다.

사나이 네?

승무원 이 기찬 순환 열차요. 뱅뱅 돌죠. 그러니까 당신이 출발한 곳이 곧 종점이 되는 거요.

사나이 그렇게 됐습니까?

승무원 옛날엔 종점이 따로 있었지만 지금은 없어졌어요. 양끝을 맞붙여 연결해 버렸거든요.

사나이 모두 그렇게 되어버렸군요. 출발해도 소용이 없군

요.(6면)

어디로 가느냐는 승무원의 연속되는 두 질문에 대해 사나이는 두 가지로 답한다. 처음에는 '아무데로나'라고 했다가 두번째는 '종점'이라고 말한다. '아무데로나'는 가치정향의 목표가 이미 부재함을 암시한다. 그런데 사나이의 두 번째 답변 '종점'은 좀더 구체적이다. 여기서 '종점'의 의미는 중의성을 띤다. 언뜻 듣기엔 종착지를 뜻하나 종말과 같은 암울한 뉘앙스를 풍겨 의미가 중첩된다. 목표 부재나 종점의 상태를 더욱 곤경에 빠뜨리는 것은 세계의 순환성이다. 이 순환성은 기차의 선로가 갖는 특성에서 비롯된다. 그 특성은 선로의 출발점이 종점과 연결되어 있어서 종점이 부재하다는 것이다. 다시 말해 순환선은 처음과 끝이 따로 없어서 순환선 위에서의 이동은 진행될수록 출발점으로 돌아오는 반복 이동일 뿐 새로운 공간이나 목적지를 제시하지 못한다. 변화와 진보가 없는 순환선은 작가가

의식에서 구성하는 세계상이다. 그것은 현실과 역사의 전변과 진보가 중단된, 작가의 허무의식이다. "출발해도 소용이 없군요"라는 사나이의 말은 정처없이 떠나려는 유랑 행위와 그 행동의 무의미성을 강조한다. 이 특이한 국면은 사나이를 절망적 상황에 가둬버리며 유폐된 존재로 전락시킨다.

허무의식을 이해하기 위해 두 인물을 좀더 살펴볼 필요가 있다. 등장인물인 승무원과 사나이의 의식은 명료히 대비된다. 승무원은 보이는 실체의 소유를 갈망한다. 마리아라는 육체의 소유에 대한 집착은 질투와 의심과 살인(영아살해)을 초래하여 실패한다. 이에 반해 사나이는 보이지 않는 실체의 소유를 갈망한다. 종교적 가치와 진리를 찾아 헤매지만 허무를 발견하고 절망한다. 두 사나이의 절망과 허무는 처절하다. 작품 속에서 현실적 사랑과 종교적 사랑 모두 실패한다. 이런 점에서 두 인물은 동일한 자아의 양면성, 빛과 그림자, 육체와 영혼의 관계와 유사하다.

>>>>>

그렇다면 이 절망적인 인간들과 극중 공간이 지배하는 세계는 어떠한가?

승무원 하나님을 믿소?

사나이 하나님은 주무시고 계시다는 걸 믿습니다.

승무원 그럼 기도는 왜 하오? 하나님은 듣지도 못할 텐데.

사나이 버릇으로 남았어요.

승무원 그래요. 모두들 버릇으로 하나님을 찾지, 사실 그런 건 없소. 있는 건 사람뿐이오.

사나이 아니, 하나님은 계십니다. 단지 대답하시질 않을 뿐이지.

승무원 아니, 그런 건 없소. 이 마을이 폐허가 될 때도 마을 사람들은 하나님의 진노 때문이라고 했지만 그건 벼락이었소. 벼락과 산불이 교회며 숲을 태워 버린 거요. 어느 해 여름이었소. 호수에서 들오리가 자취를 감추니 호수가 마르기 시작하는 거요. 벼락이 치고 불이 나고 하루밤 새에 이 마을은 폐허가 됐단

말이오. 하나님이라고요? 천만에. 그 호수 가에 아이의 시체가 뜨던 날이었소.

사나이 아이의 시체라뇨?

승무원 아, 아무것도 아니오. 아이가 빠져 죽었지요. 교회가 불타버린 것도 그 얼마 후였으니까. 모두들 하나님이 벌을 내리신 것이라고 했지만 그건 사람이었소.(6면)

승무원의 설명에 따르면, 십년 전 이 마을은 호수와 동물의 쉼터가 있는 자연의 세계였고 교회가 있는 종교적 신성한 세계였다. 조화롭고 평화로우며 인간과 자연이 일체화된 세계다. 그러나 현재는 폐허화된 세계이며 이것은 질투와 살인 등 인간의 탐욕에 기인한다. 그리고 문제는 승무원이 살고 있는 이곳만이 아니다. 이곳에 돌아온 사나이로부터 알 수 있듯이 '저 산 너머'도 마찬가지로 타락하여 황폐하고 음산한 세계라는 점이다. 세계는 모두 폐허이며 구원의 안식처는 없다. 이런 점에서 극중의 세계는 사실적 공간이라기보다는 내면의식의 공간에 가깝고, 실제 공간이라기보다는 작가가 구축한 관념의 공간에 가깝다.

또한 이 세계는 신을 회의하거나 부정하는 세계다. 전도사인 사나이와 승무원의 대화는 하나님의 존재 유무에 관한 것으로 시작하지만 무신론자인 승무원의 대사에 무게가 더 실려 있다. 사나이는 하나님이 살아 있는데 주무시고 있다고 하여 하나님에 대한 회의에 그치지만, 승무원은 하나님의 존재를 부정한다.

사나이 기차가 옵니다. (개찰구로 나가려 하자 승무원 막아선다)

승무원 잠간. (품 속에서 봉투를 꺼낸다)
자, 이걸 받으시오. 그리고 분향할 준비를 해요. 우리 제사를 지냅시다. 이건 그 여자의 전부요. 자, 어서.

사나이 (얼떨결에 봉투를 받으며) 어쩌자는 겁니까?

승무원 난 저 기차를 타야겠소.

사나이 기차는 서지 않습니다.

승무원 알고 있소.

사나이 그럼 당신도? (기적 소리 점점 가까워진다)

승무원 난 당신이 그 여자와 같이 있는 걸 원하지 않소. 그 여자는 내 꺼요. 알겠소? 내 꺼란 말이오. 자…… 그럼…… 잘 있으……오.

사나이 여보세요, 여보! (기차의 불빛과 소음이 휩쓸리는 사이로 승무원 사라진다. 사나이 뛰어 나가다가 기차가 지나가버리자 문에 기대어 얼굴을 기둥에 묻는다)

요란하던 기차 소리가 점점 멀어지고 적막이 감싼다.
사나이가 움켜쥐고 있는 봉투에서 떨어지는 흰 뼈가루가 바람에 스산히 날려 흩어지는데 幕 내린다.(7면)

이 장면은 이 작품에서 허무주의의 극단을 보여준다. 승무원은 달려오는 기차에 뛰어들어 죽음을 맞이한다. 기차에 뛰어들려던 사나이를 말리며 대신 자신이 죽는다. 그 이유는 이미 죽은 마리아에 대한 완전한 소유와 집착 때문이다. 죽음을 두려워하지 않는다는 점에서 승무원은 실존주의적이다. 실존주의자는 "해방의 매개로서 죽음의식을 포용한다. 죽음의식을 피하거나 그것에 수반되는 고통을 회피하지 않는다. 왜냐하면 그는 유한한 존재가 전통적으로 마음 속에 품는 완성과 행복을 기대하는 것이 불합리하며 죽음의식이 지닌 가치를 의식하고 있기 때문이다."[8] 승무원의 갑작스런 자살 장면과, 특히 사나이가 떨어뜨린 봉투에서 마리아의 흰 뼈가루가 바람에 스산히 날려 흩어지는 장면. 이 장면들이야말로 젊은 청년 작가 윤대성의 폐허화된 세계의 내면풍경이며 1960년대 한국 사회의 불모성에서 잉태된 허무주의의 한 단면이다.

이 작품은 20대 후반 윤대성의 철학적 사변이 극화된 것이다. 비록 단막극이지만 인간 존재, 세계, 역사,

8 Robert G. Olson, *An Introduction to Existentialism*, Dover Publication. Inc, 1962, 196면.

시간과 공간, 신 등 묵직한 사변적 문제를 담은 작가의 성찰과 사색을 담고 있다. 신에 대한 회의와 부정의 허무주의는 1950~60년대 한국에 유입되었던 실존주의의 영향, 특히 무신론적 실존주의를 생각해볼 수 있다. 사르트르는 작품 〈악마와 선한 신〉에서 선과 악, 신화(神化)를 유희할 수 없고 지상에서 선만을 행할 수 없는 인간의 무능함을 테마로 삼으며 신의 부재 속에 인간은 선의 몫을 찾기 위해 악의 몫을 용인할 수밖에 없는 모순된 존재임을 밝힌다.[9] 〈성(聖) 쥐네〉에서는 사회적, 도덕적으로 추방된 도둑이자 악인 쥐네로 하여금 악마적인 것의 정당화를 시도하여 전통적인 변신론(辯神論)을 대신하는 변악마론(辯惡魔論)을 옹호한다.[10] 무신론적 실존주의만이 아니라 니체의 허무주의의 영향도 생각해볼 수 있다. 사르트르의 작품들이 제

9 조셉 치아리 저 · 이광래 역, 『20세기 프랑스 사상사』, 종로서적, 1982, 113~114면 참고.

10 프리쯔 하이네만 저 · 황문수 역, 『실존철학』, 문예출판사, 1984, 198~200면 참고.

시한 선과 악, 신의 존재 문제는 〈출발〉의 주요 테마나 핵심 쟁점이 아니다. 〈출발〉은 신이 침묵하거나 부재한 세계를 작품 배경으로 설정하거나 주요 인물의 관념으로만 제시할 뿐이다.

〈출발〉에서 인간 존재는 자체가 모순되고 목표가 부재하여 떠돈다. 에로틱 러브와 플라토닉 러브, 그 어느 것도 성취하지 못하여 사랑과 욕망의 진정성이 실현되지 못한다. 인간에게 더 이상의 밝은 미래란 없으며 암울하다. 조화로웠던 자연 세계는 인간의 탐욕에 의해 폐허가 되었고 지금도 그러하다. 역사는 진보하지 않고 순환되어 정체될 뿐이다. 신은 없으며 있다 하더라도 이 세계를 위해 아무런 역할을 해내지 못한다.

한편으로 니체의 허무주의의 영향도 생각해볼 수 있다. 신에 대한 부정은 니체의 유명한 명제 "신은 죽었다"라는 표현으로 집약된다. 하이데거에 의하면, 신은 최고의 가치로서 일차적으로 기독교의 신이다. 동시에 더 포괄적으로는 존재자들 위에 세워진 초감각적인 것들이다. 예컨대 존재자 전체에게 하나의 목적이자 질서나 의미를 부여하는 이상, 규범, 원리, 가치를 대표한다. 그래서 허무주의란 이러한 것들이 지배력을 상실하고 소멸되어 존재자가 자신의 가치와 의미를 상실해가는 것을 말한다. 그런데 하이데거는 이 최고의 가치들의 탈가치화가 니체의 허무주의의 시작일 뿐이라고 파악한다.[11] 〈출발〉에서 두 인물이 하나님의 존재를 부정하거나 회의하는 것은 액면 그대로 기독교 하나님에 대한 부정과 회의다. 하나님이 없거나 주무시는 세계는 폐허일 뿐이고 그 안의 인간 존재란 암울하여 자살하는 비극적 존재일 수밖에 없다. 〈출발〉이 보여주는 부정 일변도의 허무주의가 니체의 허무주의라 볼 수 있으나 그것은 하이데거가 지적했듯이 니체 허무주의의 시작일 뿐이며[12] 니체가 추구하는 궁극적인 허무

11 마틴 하이데거 저 · 박찬국 역, 『니체와 니힐리즘』, 철학과현실사, 1986, 19면.
12 마틴 하이데거 저 · 박찬국 역, 위의 책, 20면.

주의, 완전한 허무주의는 이것을 극복한 상태의 것이다. 니체는 최고 가치의 탈가치화에 머무르지 않고 새로운 가치 정립이라는 과제로 나아가려 했고, 초인에 의해 허무주의를 극복하고 현재를 긍정하는 허무주의를 완전한 허무주의로 보았다. 삶을 부정하는 어떤 것도 초극함으로써 '현재를 긍정하는 가운데 삶 전체를 긍정함으로써' 허무주의 세계에서 벗어나는 것을 말한다.[13]

윤대성은 대학시절에 실존주의 철학을 접하였고 사르트르, 까뮈, 니체, 쇼펜하우어에 심취했으며 니체의 〈차라투스트라는 이렇게 말했다〉를 독일어 원문으로 읽었다고 한다.

> 그러다가 대학교 들어가서 만난 철학이 실존주의 철학이야. 사르트르, 까뮈, 니체, 쇼펜하우어에 아주 심취해 버렸어.

13 마틴 하이데거 저 · 박찬국 역, 위의 책, 17~42면 참고.

> 그건 다 허무주의잖아. 쇼펜하우어는 잊어버리지도 않아. 이 세상에서 가장 행복한 사람은 일찍 죽는 사람이다. 뭐 그런 구절도 있고. 보들레르의 시. 뭐 그런 걸 보면 아주 인생의 밑바닥과 어두운 절망 세계, 그런 얘기들이 꽉 차 있어. 시도 그렇고. (…중략…)
>
> 또 전공이 법학이기 때문에 독일어를 해야만 했어. 그때 괴테의 〈파우스트〉, 니체의 〈차라투스트라는 이렇게 말했다〉를 독일어로 다 읽었어.[14]

윤대성이 20대에 심취했던 철학과 문학은 위에 열거된 것만이 아닐 것이다. 영어와 독일어에 능통하여 외국 원서를 읽었던 윤대성은 사르트르와 까뮈 등의 실존주의 철학, 니체, 쇼펜하우어, 괴테, 보들레르 등 당시 한국에 수용됐던 서양 철학과 문학 고전을 섭렵하였다. 따라서 서양 철학과 문학 고전이 윤대성의 작품

14 2007년 2월 26일 대학로에 있는 한국희곡작가협회 사무실에서 윤대성 작가는 필자와의 대담을 통해 이 사실을 밝혔다.

세계에 어떤 영향을 끼쳤는지를 직선적으로 또는 인과적으로 낱낱이 밝히는 것은 어렵다. 앞에서 보았듯이 무신론적 사유만 하더라도 〈출발〉에서 보여주는, 윤대성의 그것과 사르트르나 니체의 그것과는 본질적인 의미의 차이가 발생한다. 문화의 수용자는 문화의 원천이 놓여 있는 풍토와는 다른 곳에 있으며 수용자 고유의 욕망에 의해 원천이 왜곡되거나 굴절되어 수용될 수 있다. 이런 점에서 오히려 윤대성이 자신에게 영향을 준 철학과 문학 사상을 어떻게 수용하고 의미화했는지가 더욱 중요하다. 위의 대담에서 주목할 부분은 윤대성이 이들의 철학을 통틀어 '허무주의'로 규정하고 있다는 사실이다. 철학자들 사상의 개별적 차이의 주름이 지워지고 허무주의로 다림질되는 의식의 지점이야말로 당시 윤대성의 의식 세계의 중요한 단초라고 생각된다. 사르트르와 까뮈의 무신론적 실존주의, 니체의 허무주의, 쇼펜하우어의 염세주의, 보들레르의 악마주의 등은 20대 초반 대학생 윤대성에겐 허무주의로 대체 가능했던 철학들이다. 이때의 허무주의는 일반적 개념 차원의 것이다.

작가의 허무의식은 〈출발〉 이후 〈미친 동물의 역사〉(1970)와 〈목소리〉(1971)처럼 자신이 속한 타락한 사회로 나아가 염세주의적인 비판의식을 드러내기도 하고 〈노비문서〉(1973)처럼 과거의 역사로 나아가 역사 허무주의를 드러내기도 한다.

3. 민중의 낙관적 역사의 허무주의화, 〈노비문서〉

〈노비문서〉(『신화1900』, 예니, 1986.3)[15]는 사서 『고려사』에 기록된 민란으로부터 촉발되어 하층 민중의 신분적 한계를 문제 삼은 창작극이다.[16] 윤대성은 이미

15 극단 '산하'가 1973년 4월 표재순 연출로 명동국립극장에서 공연했다.

16 작가는 "이 작품의 발상은 1970년 2월, 시인 K형과의 고려사의 관심에서 비롯했다."고 밝히고 있다. 윤대성, 「늘어붙는 執念」,

1969년에 〈막난이〉를 발표하여 임진왜란 당시 무능한 국가와 간악한 대신들로 인해 고통 받는 민중상을 극화한 적이 있다. 〈노비문서〉는 〈막난이〉의 문제 인식이 변용된 것이다. 당시의 '노비문서'(관노(官奴)의 부적(簿籍))는 국가를 통치하기 위해 노비 신분을 공적으로 문서화한 계급 제도의 불합리한 산물이다. 고려 사회의 수직적 계급 질서와 신분적 구속을 현실화한 것이다. 작가가 『고려사』에서 '노비'라는 비천한 존재에 관심을 두는 까닭은 신분 해방의 갈망과 좌절이라는 비극성에 있다. 그런데 이 작품을 분석하기에 앞서 작가가 참고한 역사적 자료에 대해 먼저 언급할 필요가 있다.

김윤후는 백현원(白峴院)의 승려였는데, 그와 천인부곡민이 처인성에서 항몽투쟁하여 승리를 거뒀다.[17] 제5차 몽고 침입시, 김윤후는 처인성에서 승리한 후 충주

극단 산하 제19회 공연 팸플릿 《奴婢文書》, 1973.4.

17 박용운, 『고려시대사』, 일지사, 2008, 563면.

성 방호별감에 임명되었다. 성이 포위되는 위기 상황에서 김윤후는 전쟁에서 이기면 노군(奴軍)에게 관작을 주겠다고 하여 부적(簿籍)을 태우고 노획한 우마를 나눠주어 노군들의 사기를 진작시켰고 전쟁을 승리로 이끌었다. 그리고 약속한 대로 관작을 주었다.[18]

이 전쟁에 대한 역사적 의미는 김윤후의 뛰어난 지도력과, 충주의 피지배 백성들에게 잠재된 항전 의지를 신분 해방 내지 격상이라는 조건을 제시하여 승리를 거둔 싸움이라는 점에 있다.[19] 그런데 역사가가 아닌 작가 윤대성에게 이 기록은 몇 가지 면에서 극작의 소재로서 매력을 지니고 있었을 것이다. 우선 몽고 침략이라는 절체절명의 위기에 놓인 국가의 갈등 상황을 극의 배경으로 설정하면서 동시에 국가의 내부 갈등을 다룰 수 있다는 점이다. 내부의 갈등이란 충주성 내의 지배계급과 피지배계급의 갈등이다. 천민에 해당하는

18 박용운, 위의 책, 571～572면.
19 박용운, 위의 책, 572면.

천인부곡민을 이끌어 항몽투쟁에 성공한 승려 김윤후가 충주성 방호별감으로 임명되어 노군을 이끌고 전쟁을 치렀다는 점이 이를 반증한다. 승려이자 장군이 된 김윤후라는 인물, 그의 신분 해방 제안, 관노가 단합하여 몽고를 물리치는 승전은 분명 극작의 매력적인 요소들이었을 것이다.

작가는 이런 상황과 갈등과 인물을 극에 일차적으로 차용한다. 그런데 작가는 역사서에서 보았던 노비들의 신분 해방과 격상이라는 결말이 진정한 결말이 될 수 없고 다시 원점으로 회귀한다는 것을 강조한다. 작품 〈노비문서〉는 해결 불가능한 계급갈등이란 명제를 우선 설정해놓고, 그 속에서 개인들이 어떻게 고통을 받고, 불행한 결말로 치닫고 있는가를 보여주고 있다.[20] 그리고 그 시선은 작가가 단순히 과거를 들여다보는 시선에 그치는 것이 아니라 작가가 속해 있는 현재를

20 김현철, 「윤대성 희곡의 전통극 양식 수용과 현실의 형상화」, 『한국극예술연구』 28, 2008, 219면.

들여다보는 시선과도 연관되어 있다.

작가의 정신에는 노비 신분의 해방을 테마로 삼은 민본주의가 깔려 있다. 작가는 몽고 침략으로 인한 충주성 함락의 위기에 노승을 등장시켜 혁신적인 방책을 제안하게 한다. 그것은 많은 노비를 별동대라는 군사 조직으로 만들어 몽고군과 대항하게 하고 그 대신 노비문서를 없애고 그들을 양민으로 해방시켜준다는 제안이다. 몽고와의 위기 상황을 내부의 결속으로 극복하려는 고육책으로서 "백성은 곧 나라의 근본인 동시에 왕의 하늘"(96면)이라는 민본주의 정신을 기초로 하고 있다. 그런데 작품에서는 별동대가 전쟁의 승리로 잠시 신분 해방의 기쁨에 도취되나 지배계급이 약속을 어겨 노비의 열망이 수포로 돌아가고 만다.

부사 그놈을 하옥하되 심문한 후 반란군과 같이 처형하라. 그리고 충주성 목사 이 자헌은 반란군을 진압하다 장열한 최후를 마쳤다고 나라에 장계를 올려라.

이 자헌 목사와 그의 딸 지영의 장례식은 반란군의 처형이 끝난 후 성대히 거행하라.

강쇠의 미친 듯한 웃음소리속에 코라스 등장.

코라스 길은 있으되 어디에나 없는 것이오. 뜻은 있으나 그 뜻이 남지 못 하리로다. 남지 못하리로다.

강렬한 북소리와 함께 막- (114면)

신분 해방과 격상의 실례를 보여준 역사의 기록과는 달리 작품에서는 지배계급에 대한 항쟁과 신분 해방이 실패한다. 기존 질서가 재건되고 민본주의 정신은 부정된다. 더욱이 천민 강쇠와 지영(이자헌의 딸)의 신분을 초월한 사랑도 실패하고 만다. 고려라는 시대적 배경을 감안할 때 지배계급을 타파하려는 투쟁 정신이나 신분 초월적 사랑은 모두 혁명적인 것이다. 그런데 이

극에서는 긍정적이고 혁명적인 가치가 모두 부정되고 무화된다. 잠시 노비 신분이 해방되어 노비의 열망이 성취되는 듯 보였으나 다시 원점으로 회귀된다. 역사는 종점에서 다시 시발점으로 돌아간다. 순환한다. 작가의 역사 발전론이 부정되고 순환적 세계관이 드러난다. 〈출발〉의 순환적 역사관이 새로운 모습으로 반복된다.

그런데 여기서 주목할 것은 역사의 순환성과 정체성은 코라스의 대사로 인해 허무의식으로 강조된다는 점이다. 이 대사는 강쇠가 처형당하고 노비문서가 부활되어 기존의 계급적 질서가 굳건히 재건되는 파국에서 전달 효과가 크다. 작품 전체에서 코라스의 허무적인 대사는 도입, 전개, 결말에서 동일하게 세 번 반복된다. 그것은 그만큼 작가가 허무에 무게중심을 두고 있는 것이며, 그 허무의식으로 하여금 작품을 열고 중간에 확인하고 매듭짓는 실질적인 힘으로 작용하게 한 것이다. 작가의 허무의식을 살피기 위해 이 작품의 제1

부 제1장 도입부 코라스의 대사를 주목해보자.

코라스1 쉬! 조용히, 누가 있어.

코라스 노승, 길을 닦는 노승.

코라스1 허무한 일, 부질없는 일.

노승 뜻이 곧 내 길이니 나 그 방향 알지 못하나, 가는 곳은 하나, 그 지름길을 구하노라.

코라스1 인생은 수레바퀴, 고삐없는 수레바퀴, 그 자국 깊이 패이나, 눈 나리고, 바람불고, 비오는 밤 그 자취 사라지나니 굴러가는 수레바퀴, 그 간 곳 알지 못하도다.

노승 그러나 구르네, 굴러가네. 그 가는 곳 아무도 모른다하나 향하는 바 내일, 내일임을 나는 알도다.

코라스 어제란 오늘의 기억, 내일이란 오늘의 꿈, 그러므로 오늘로 하여금 과거를 기억으로, 미래를 바램으로 살지어다.

노승 이제 때가 왔도다 나는 가노라. 내 갈길 아지 못하나 내일의 꿈을 향해 내 길을 떠나노라.

코라스 (비장하게) 길은 있으되 어디에나 없는 것이오, 뜻은 있으되 그 뜻이 남지 못하리로다. 남지 못하리로다.

서서히 코라스, 노승 사라지며 압도하는 듯한 북소리 들리기 시작한다. (53~54면)

도입부부터 둘의 대화는 명료히 대립된다. 노승은, 알 수 없는 '지름길'을 찾으러 내일을 향해 떠나겠다는 의지를 천명한다. 이에 반해 코라스는 인생을 '수레바퀴'에 비유하면서 길과 뜻은 있지만 부재하다는 인식을 천명한다. 이 상반된 대립 축은 이 작품의 중심 갈등으로 작용하면서 주제를 심화시킨다. 길은 있으되 어디에나 없고 뜻은 있으되 남지 못한다는 말은 길과 뜻의 자기모순을 언급하고 있다. 코라스는 이렇듯이 모순적 진실의 잠언으로 노승의 말을 부정한다.

노승은 문제 해결책을 제시해주지만 전쟁 뒤의 상황

을 전혀 생각하지 않는다는 면에서 현실주의자이기보다 순진한 이상주의자에 가까운데, 비일상적 상황을 통해 계급모순을 일순간에 해결할 수 있다고 믿기 때문이다.[21] 이에 반해 코라스는 노승처럼 극중에 허구적으로 설정된 인격체가 아니라 극의 적재적소에 다양한 역할을 하면서 극의 흐름과 주제에 기여하는 양식화된 기능적 집단이다. 노승은 민본, 평등, 신분 해방 등의 순수 이상과 의지를 상징하는 인물이다. 이에 반해 코라스는 이 모든 것을 무화시키는 허무를 상징한다. 노승과 코라스의 대립은 주제의 대결이다. 인간 의지와 허무의 대립이다. 길과 뜻은 인간의 의지이면서 가치 지향적인 전망이다. 그러나 이 의지와 전망이 어디에도 없고 남지 않는다 하여 좌절과 절망의 항상성과 무의미성이 강조된다. 인간의 의지와 세계의 허무가 대립하나 허무가 인간의 의지를 제압하고 만다. 작품에

21 김현철, 앞의 논문, 230면.

서 작가는 노비 강쇠를 앞세워 불평등하고 억압적인 세계에 새로운 변화를 추구하려 하나 완강한 신분적 질서를 유지하려는 기존 보수 세력의 힘과 의지에 좌절되고 만다. 이 비극적 역사의 모습은 코라스의 대사가 암시하듯 비극적이고 비관적인 허무의식을 잉태한다.

그런데 흥미 있는 것은 코라스의 허무적인 대사가 유무(有無)와 생멸(生滅) 등을 일원적으로 파악하는 동양적 사유 및 그 표현과 매우 흡사하다는 점이다. 노자의 '도'사상에서 보는 궁극 실재에 대한 사유나 『반야심경』의 공 사상은 근본적으로 허무주의나 허무의식과는 전혀 관계 없다. 오히려 어떤 하나의 주의 — 여기서는 허무주의 — 에 갇혀 있는 것을 거부한다. 그럼에도 이러한 사상을 허무주의로 파악하는 것은 마치 공사상에서의 공을 텅 비어 있는 공이거나 아무것도 존재하지 않는 무로만 파악하고 있기 때문이다.

코라스 대사의 모순어법은 겉보기에 노장이나 불교

사상과 같이 동양적 사유의 모순어법과 매우 흡사하나, 근본적인 의미는 전혀 다르다. 코라스의 모순어법은 분명 길과 뜻이 있었으나 어디에도 없다는 암울한 절망을 담고 있고, 길과 뜻으로 표상되는 의지나 전망의 부재를 역설한다. 코라스 대사의 허무의식은 서양 실존주의와 허무주의의 영향을 받은 작가가 역사극을 창작하면서 동양적인 정서로 표현하기 위해 모순어법을 이용한 것일 수 있다. 또한 작가가 노장사상이나 불교의 공사상 등 동양사상에서 허무주의를 발견하여 취한 것일 수도 있다. 나아가 『도덕경』, 『반야심경』에서 모순어법의 유형을 취하고 변형시켜 〈노비문서〉의 바탕에 깔았는지는 모른다.

작가의 역사에 대한 허무의식은 창작 당시의 정치현실에 대한 작가의식과 연결되어 있다. 작가는 구체적인 역사를 뒤집어 허무주의를 인식함으로써 1960~70년대 초반 민중을 억압하는 정치현실에 대한 불만과 허무를 엿볼 수 있는 계기를 제공한다. 작품 속에서 계

략에 의해 노비 해방을 원점으로 되돌린 세력은 바로 부사와 같은 지배계급이었기 때문이다. 그런데 작가가 코라스를 내세워 긍정적인 실제 역사를 뒤집어 암울한 허무로 규정했다는 것은 그만큼 암울한 시대에 희망을 찾지 못한 작가의 내면적 고통을 말해주는 것이고 또한 당대 현실과 역사에 대한 비판적 인식이 더 이상 나아가지 못한 한계점을 말해주는 것이기도 하다.

4. 노년의 행고(行苦)와 이기적 자살, 〈당신, 안녕〉

〈당신, 안녕〉(『윤대성 신작 희곡 - 당신, 안녕』, 평민사, 2002)은 노년의 고독과 허무를 극화한 작품이다.[22] 60대 노인 독고의 자살을 전후하여 독고 인생의 고뇌와 갈등을 통해 그가 자살할 수밖에 없었던 까닭을 밝히

22 극단 '미학'이 2001년 문예회관소극장에서 공연하였다.

고 있다. 이 작품은 허무의식을 다룬 이전의 작품들과는 질감을 달리한다. 〈출발〉과 〈노비문서〉는 각각 폐허의 세계 또는 위기의 역사라는 상황적 틀 안에서 사랑의 진정성이 좌절되어 존재의 허무를 절대화하거나 역사의 허무를 극화한 것이었다. 이에 반해 이 작품은 소박하고도 미시적인 차원의 것이다. 사실주의적으로 평범한 일상생활에서 한 노인이 겪는 허무를 극화한다.

극작가인 독고는 오랫동안 교수로 지내다 명예 퇴직하여 집에서 지내는 노인이다. 남자는 주로 자기 직업을 통해 자기만족과 타인과의 관계를 만들어가기 때문에 남자에게 은퇴는 위기의 계기가 될 수 있다.[23] 일반적으로 퇴직은 사회적 역할의 상실과 수입 감소로 인한 경제적 의존성으로 이어지고 인간관계의 축소 등으로 인한 사회적 소외 및 심리적 고립감 등 부정적인

23 김동일 편저, 『성의 사회학』, 문음사, 2000, 160면.

자아상을 형성한다.[24] 그런데 독고는 겉보기에 경제적으로는 전혀 부족한 것 없는 중산층 노인으로 등장하여 심리적 고통을 호소한다. 그는 스스로 지옥에 있다고 말할 정도로 심리적 고통이 심각하다. 그리고 "그 지옥에는 항상 여자들이 있었"(19면)다고 말한다.

> 독고 그래서 더 걱정하는 거야! 아들에 대한 모성애란 본능적인 여자들의 집착이거든……. 할머니가 왜 돌아가셨는데? 나한테 대한 어머니의 맹목적인 모성애를 네 엄만 견딜 수 없었던 거야 여자들끼리의 질투, 그게 할머니를 죽게 했어.(38면)

독고는 여성 혐오주의자다. 오랫동안 아내와 어머니의 고부 갈등에서 어떠한 중재나 해결책도 제시하지 못한 채 수수방관하여 괴로워할 수밖에 없었다. 그런

24 조성남 · 이동원 · 원영희, 『고령화사회와 중상층 노인의 사회활동』, 집문당, 1998, 162면.

데 혐오의 대상이 주로 가정의 여성들이고 밀애를 나누는 애인 소영은 제외된다는 점에서 독고의 여성관은 가부장적이다. 그런데 이러한 여성관은 아내의 입장에서 보면 자기중심적이다. 아내는 시어머니를 모시며 힘들게 살아왔고 남편의 밀애를 알면서도 자식들과 가정을 지키기 위해 참고 살아왔기 때문이다. 독고의 여성혐오증은 결혼 이후부터 존재해온 것이지만 현재에는 또 다른 고통이 존재한다. 그것은 노화(aging)에서 온다.

독고 나는 이혼할 용기가 없어. 차마 아내에게 이혼하자는 말을 꺼내 보지도 못했어. 밖에서만 취해서 중얼거렸을 뿐이지……. 난 그런 놈이야. 비겁한 강아지 같은 놈. 아내 앞에선 가랑이 사이로 꼬리를 축 내려버리는…….

소영 왜 갑자기 이렇게 변하셨어요?

독고 내가 늙어가는 증거야……. 이젠 인생을 변화시킬

용기가 없어.(27면)

위의 인용문은 독고가 죽기 3년 전에 소영을 다시 만나는 장면이다. 독고는 그녀에게 자신을 "비겁한 강아지"로 폄하하며 아내와 이혼할 용기도 없다고 고백한다. 독고가 아내 앞에서 무기력한 비겁자가 된 까닭은 노화에 대한 자각과 이로 인해 인생을 변화시킬 용기가 없다는 것이다.

노화란 무엇인가? 시간의 흐름에 따라 유기체의 세포, 조직, 기관조직, 또는 유기체 전체에 일어나는 점진적인 변화를 뜻한다. 인간발달단계의 자연스러운 한 과정이며 결코 병리적 현상은 아니다. 일반적으로 노화를 '생물학적 노화'로 연상하지만, 이뿐만 아니라 '심리적 노화', '사회적 노화' 등을 포함하는 넓은 뜻으로 이해해야 한다.[25] 노화로 인한 독고의 비겁과 무기력은

25 조성남 · 이동원 · 원영희, 위의 책, 24면.

생물학적 노화보다는 심리적이고 사회적인 노화의 측면이 강하다.

이여사 알긴 당신이 뭘 알아. 당신은 작가가 되지 말고 건축가가 됐어야 해. 그래서 감옥을 하나 지어서 그 안에 혼자 들어앉아 있으면 딱 어울릴 사람이야…….(14~15면)

독고 다음 달에 제자들이 내 퇴직기념 행사를 한다는데 난 거기 가기 싫어.(17면)

퇴직한 독고의 삶은 아내가 보기에 감옥생활처럼 비쳐진다. 독고는 교수에서 물러나 작가로서 생활하는데 집에서 창작하며 바깥 출입을 자제한다. 독고가 제자들이 만들어준 행사를 거부하는 태도에는 독고가 명예퇴직 후 겪는 현실적이고 심리적인 어려움이 담겨 있다. 독고는 제자들의 뜻을 알면서도 자신의 늙고 추한 모습을 제자들에게 보여주고 싶지 않은 것이다. 불교적으로 말하면 독고는 행고(行苦)를 겪고 있다. 생노병사(生老病死)의 네 가지 고통 중에서 행고는 유한한 존재인 인간이 끊임없이 변하는 현실(노, 병, 사) 앞에서 괴로움을 느끼는 고통이다.[26] 독고는 퇴직 후 새로운 생활을 설계하고 실천하며 긍정적으로 살아가려는 의지를 내보이지 않는다. 오히려 정반대로 사회적인 직업, 지위, 역할 등이 상실되었고 인간관계가 축소되면서 사회로부터 소외되어 있다. 또한 오랫동안 자신을 불신해온 아내의 냉대와 불화로 고통을 겪는다. 집과 사회에서 이중으로 소외당한 독고의 모습은 '고독'이란 낱말의 순서를 바꾸어 지은 주인공의 이름에서도 여실하게 드러난다. 생물학적 노화도 노화지만 독고의 심리적, 사회적 노화는 더욱 부정적이다. 그리고 이 소외와 고독은 결국 독고를 허무에 빠지게 한다. 그렇다면

26 동국대학교불교문화대학불교편찬위원회, 『불교사상의 이해』, 90~91면.

독고가 느끼는 허무의 내용은 무엇일까?

소영 난 내가 젊다는 게 두려워요. 여중 때부터…… 여고 시절…… 대학 초년생 그 시절을 지나면서 내 앞에 일어날 일들이 무서웠어요. 작가로서도 실패한 내 인생의 끝이 어디인지 두려워요. 그래서 더 선생님에게 의지했는지 모르겠어요. 확실한 인생의 목표를 갖고 사는 분이시니까…….

독고 잘못 알고 있는 거야. 나도 내 인생에 자신이 없어. 지금껏 살아온 의미가 무엇인지 결국은 모든 게 무로 귀착해 버릴 텐데 이렇게 힘들게 살아온 이유를 모르겠어…….

소영 그런 자신 없는 소린 처음 듣는군요. 그럼 선생님의 작품세계는 다 무엇인가요?

독고 그렇게라도 해서 사는 것에 의미를 부여하려고 나 자신에게 사기를 친 거야…….

소영 그럼 우리의 지나간 사랑은요?

독고　사랑도 하나의 속임수일지도 모르겠어…….(28면)

독고는 자신의 인생에 확신이 없고 지금껏 살아온 의미가 무엇인지 모르며 결국 모든 게 무로 귀착해 버릴지 모른다고 말한다. 그래서 인생을 고통스레 살아온 까닭을 모르겠다고 자문한다. 독고 자신의 인생에 대한 근본 부정과 허무에 대한 의식은 자신의 작품 세계와 사랑도 부정하기에 이른다. 작품 세계는 사는 것에 의미를 부여하려고 자신에게 사기를 친 것이고 사랑도 속임수일지 모른다는 것이다. 그리고 그의 대답은 명료한 단정보다는 '모르겠다'는 모호한 추정에 의존한다. 모호한 추정은 확신의 결여이고 나약함의 표현이다. 자살 후 가족에게 남긴 유언의 내용은 허무의식을 구체화한다. 독고는 자신을 화장시키고 자신의 모든 기록을 없애라는 유언을 남긴다.

그런데 이 노년의 허무의 발견은 60대에 접어든 작가 윤대성의 의식과 무관하지 않다. 작가 윤대성이 이 작품을 썼을 당시의 나이는 62세다. 작품 속의 독고 역시 정년보다 앞서 명예퇴직을 하였으므로 작가의 나이와 얼추 비슷하다. 작가 윤대성이 교수이자 극작가였듯이 작품 속 독고도 교수이자 극작가로 등장한다. 작가의 나이와 직업이 유사하다 하여 작가가 작품 속 인물과 동일인이라는 것은 아니다. 작품은 현실의 기계적 반영물이 아니기 때문이다. 그러나 60대에 접어든 작가 윤대성이 자신과 동일한 나이와 신분적 지위에 있는 인물을 설정하여 존재의 고독과 자유, 인생의 허무 등을 극화해보고 싶은 의지는 충분히 읽힌다. 또한 작가는 자신과 비슷한 처지의 노인 존재를 다룸으로써 한국 사회의 고령화 문제에 대한 인식을 어느 정도 공유하고 있다.

최박사 (생략) 누가 곱게 늙어간다고 그래? 나이 드는 게 아름답다는 말은 거짓말이야. 보기 민망하니까 해주는 소리지. 그래도 50대는 근사해. 40대보다 섹스

> 가 가장 왕성한 시절이야. 60에도. 그런 대로 견딜 만해. 그러나 65세가 되면…… 70세가 되면. 사람들이 늙은이를 피하기 시작하네……. 늙은이들끼리도 서로 피하려고 하지……. 상대방의 얼굴에서 죽음의 그림자를 보는 게 싫으니까. 난 병원에서 죽어가는 많은 노인들을 보네……. 영화에서 보는 것처럼 우아한 죽음이란 없어. 보기 흉측한 고통뿐이야. 그래서 내가 언젠가 내 아내한테 그랬지. 나 자살할지도 모른다고…… (51면)

독고에게 들려주는 최 박사의 말은 최 박사 자신의 암담한 심정이면서 동시에 독고의 심정을 대변하는 것이어서 한 개인의 주관을 넘어선다. 노인에 대한 우리 사회의 부정적인 인식 현상을 함축한다. 1996년 통계청의 통계에 따르면, 한국 사회는 2000년대 들어 고령화 사회(aging society)의 진입이 예상되었다.[27] 60대에 접어든 작가 윤대성은 자신과 비슷한 노인의 삶을 투시하지만 그렇다고 하여 한국 사회에 이미 대두된 노인 문제에 두드러지게 집착하지 않는다. 그는 사회현상으로서의 노인 문제보다는 자기동일성을 지닌 노인의 실존에 몰입하여 인생, 존재, 사랑, 자유, 허무 등의 보편적 문제에 대해 고민하고 성찰하는 데 집중한다. 1960~70년대 궁핍한 산업 사회에서 사회 정의와 가치 이념의 실현에 목말랐던 청년 작가 윤대성의 모습과는 사뭇 다른 지점이다.

60대 작가가 보여주는 허무의식은 작가 윤대성의 이전 작품들이 보여준 허무의식과는 확연히 다르다. 〈출발〉에서처럼 신이 부정당하는 황폐한 세계와 절망적 존재에 대한 관념적 사변도 아니다. 〈노비문서〉에서처럼 민주, 자유, 평등과 같은 사회 이념적 정의를 위한 것도 아니다. 60대의 윤대성은 부조리하거나 불의한

27 '고령사회'(aged society)는 65세 이상 노인 인구비율이 14% 내외인 사회로, 고령화사회는 7%이상인 사회로 본다. 조성남 · 이동원 · 원영희, 앞의 책, 28면.

사회나 역사로부터 인간 존재의 허무를 읽지 않고 평범한 일상적 존재로부터 허무를 발견한다. 이 점에서 1967년작 〈출발〉과 2001년작 〈당신, 안녕〉은 허무의식을 지녔음에도 그 차이가 흥미롭다.

첫째, 사랑에 대한 사유가 다르다. 〈출발〉에서는 사랑의 진정성이 전제되어 있다. 승무원은 아내에 대한 그리움과 소유의 집착이 강하나 사랑의 진정성이 좌절되어 자살에 이른다. 이에 반해 〈당신, 안녕〉에서 사랑은 사기라고 주장한다. 애정 없는 아내와의 삶을 후회하고 사랑의 진정성은 부정된다.

둘째, '늙음'의 유무가 근본적인 차이다. 〈출발〉에서는 없으나 〈당신, 안녕〉에서 늙음의 행고는 독고의 허무와 자살의 근본 요인으로 작용한다.

셋째, 이 늙음의 유무로 인해 두 작품의 자살 모습은 전혀 다르다. 〈출발〉에서 자살은 극단적 행동으로서 죽음의 에너지가 강렬하게 치솟으며 충동적으로 발산된다. 승무원이 영아를 살해한 것이나 달려오는 기차에 몸을 던지는 행위가 그러하다. 이에 반해 〈당신, 안녕〉에서 자살은 준비된 행동으로서 죽음의 에너지가 평이하게 흐르면서 계획대로 진행된다. 노인으로서 자신의 인생을 돌아보고 죽음을 준비하면서 남은 가족을 위해 배려한다.

넷째, 〈출발〉에서는 폐허화된 세계와 신의 부재, 역사의 순환적 정체 등 사변적인 문제들이 사유의 대상이 되었으나, 〈당신, 안녕〉에서는 이런 사유들이 탐구되지 않는다. 일상생활 속에서 인생에 집중하여 인생의 고독, 사랑, 자유, 허무 등이 탐구된다.

독고의 자살은 죽음을 준비한 자의 마지막 결행이다. 에밀 뒤르켐이 분류한 자살의 사회적 유형[28]에 따르면, 독고의 자살은 이기적 자살에 속한다. 여기서의 이기주의는 개인의 자아가 사회적 자아보다 강력하고

---

28 에밀 뒤르켐 저, 황보종우 역, 『자살론』, 청아출판사, 2008. 이 책의 제2부에서 뒤르켐은 자살을 이기적 자살, 이타적 자살, 아노미성 자살로 나누어 각각 분석하고 있다.

사회적 자아를 희생시키면서까지 개인의 자아를 주장하는 상태를 일컫는 것으로서 이기적 자살은 지나친 개인주의로 인한 자살이다.[29] 인간이 존재의 근거를 삶에서 찾지 못해서 일어나며 진정한 집단 활동의 결핍으로 인해서 개인이 목적과 의미를 상실한 경우다.[30] 독고는 퇴직 후 사회적 역할을 잃고 아내와의 누적된 불화로 인해 심리적, 사회적인 소외와 고독을 느끼며 인생의 허무를 깨닫는다. 자신과 자신의 삶을 분석하고 자신의 한계를 인정하며 자살이라는 명분 아래 그 한계를 논리적으로 넘어선다.

독고 가정은 내게 있어서 새장이었어……. 거기서 벗어나는 길은 자살뿐이야……. 난 태어나서 지금 처음으로 자유롭다. 난 죽음을 통해서 영원한 자유를 얻었어!(58면)

29 에밀 뒤르켐 저, 황보종우 역, 위의 책, 250~251면.
30 에밀 뒤르켐 저, 황보종우 역, 위의 책, 322면.

작품에서 독고는 죽은 후 구속을 벗어나 진정한 자유를 얻었다고 선언한다. 이 자유는 자살을 통해서 가능했던 것이고 가정이라는 새장을 벗어나 얻어진 것이다. 그런데 가정을 벗어났다는 것이 과연 어떤 구체적인 의미를 지니는 것일까? 정말 독고가 말하듯 영원한 자유인가? 독고가 자살을 결행할 만큼 가정에서 겪은 고통과 허무란 무엇이었던가? 위에서 언급한 대로 독고의 자살과 그것을 가능케 한 고통과 허무는 애석하게도 보편성이 약하다. 중산층 노인의 실존이 갖는 허무의식에는 가부장적이고 자기중심적인 의식이 남아있다. 그리고 퇴직 후 사회와의 새로운 관계를 위해 의지와 열정을 보여주지 못하고 소극적으로 움츠러들어 있다. 이 점들은 허무를 통한 자살의 결행을 약화시킨다. 준비된 결단의 의미와 보편성을 약화시킨다.

5. 맺음말

윤대성은 40여 년간 창작 활동을 하면서 다양한 양식을 선보인 만큼 작가 의식 또한 단일하지 않고 다양한 갈래의 목소리를 지니고 있다. 작가의 허무의식은 사회와 역사, 존재와 세계에 대한 절망의 극점을 표출한 것이어서 작품 및 작가 세계 이해의 중요한 지표로 작용된다.

윤대성의 허무의식은 1950~60년대 한국의 피폐하고 부조리한 사회 속에서 실존주의를 비롯하여 서구 현대철학의 영향을 받아 형성된 것이다. 신춘문예 등단작 〈출발〉에는 예술과 철학 분야에서 지식의 수용이 왕성했던 20대 윤대성의 철학적 사변과 문제의식이 녹아 있다. 이 작품의 허무주의의 면모는 다양하다. 인간 존재의 모순성과 목표의 부재, 사랑과 욕망의 좌절과 존재의 소멸, 역사의 정체성(停滯性), 폐허화된 세계, 신에 대한 부정과 회의 등이 그러하다. 비록 단막극이지만 이 작품은 20대 청년 작가 윤대성이 존재, 세계, 역사를 모두 허무로 간주하는, 첫번째 도전적인 문제작이다.

〈노비문서〉는 〈막난이〉에 이어 과거의 민중 역사를 탐구한 작품이다. 고려시대 민중항쟁의 낙관성을 뒤집어 비극적 역사극으로 만들면서 허무의식을 강조했다. 주제의식을 전하는 코라스를 통해 동양적 사유의 모순어법을 차용하여 역사 허무주의를 드러냈고 〈출발〉처럼 순환적 역사관을 보여준다. 역사 허무주의는 1960~70년대 초반 민중을 억압하는 정치현실에 대한 우회적인 불만과 비판으로 볼 수도 있으나 역사를 허무에 귀결시킴으로써 더 이상 나아가지 못한 작가의식의 한계를 말해준다.

〈당신, 안녕〉은 60대에 접어든 작가 윤대성이 자기 동일적인 인물을 설정하여 존재의 고독과 자유, 인생의 허무 등 보편적 문제에 대해 고민하고 성찰한 것이다. 2000년 전후 대두된 사회 현상으로서의 노인 문제에 주목하기보다는 노인의 실존에 집중한다. 이것은 1960~70년대 산업화 시대에서 사회 정의와 가치 이념의 실현에 목말랐던 청년 작가 윤대성이 창조했던 허무의 세계와는 다른 모습이다. 작가가 20대에 창작한 〈출발〉과 비교해보면 여러 면에서 대조된다. 사랑에서의 진정성과 사기, 늙음의 유무로 인한 허무의식의 차이, 자살 방식으로서의 일시적 충동과 계획된 준비, 탐구 대상으로서의 사변적 관념과 구체적 인생 등이 선명하게 대비되어 실존의 무게를 지닌다. 그러나 중산층 노인의 가부장적이고 자기중심적인 잔존 의식, 삶의 의지와 열정이 부재한, 소극적인 태도는 허무를 통한 자살의 의미와 보편성을 약화시킨다. 이것은 그만큼 60대인 작가가 극중의 독고와 밀접해 있다는 것을 의미한다.

이상의 세 작품은 1960년대 후반에서 2000년대 초반에 이르기까지 시간대가 넓다. 그럼에도 각각 세계, 역사, 존재의 허무가 중심이 되어 허무의식의 각기 다른 특성을 보여준다. 허무의식은 그 자체가 상황의 극한값을 제시하는 의식이다. 작품에서 존재의 좌절이나 죽음, 자살 등은 그 극한값의 표현이다. 20대의 윤대성이 〈출발〉에서 극화한 절대 허무의 존재와 세계상은 이후 그의 창작 세계에서 염세적 비판의식으로 흐르기도 하고 그것을 극복하는 긍정적 의지로 표출되기도 한다. 윤대성 희곡의 다른 의식들을 분석하고 허무의식과 그것들과의 관련성을 파악해나간다면 윤대성의 작가의식 전체를 조망할 수 있으리라 예상된다.

* 극작가 윤대성은 2010년을 전후하여 노인을 주인공으로 다룬 3부작을 연이어 선보였다. 〈꿈 꿔서 미안해〉(2007)는 연극쟁이로 살아온 배우의 가정 불화와 죽음을, 〈한 번만 더 사랑할 수 있다면〉(2010)은 은퇴한 초로(初老)의 인물들이 차가운 현실에서 느끼는 무기력한 존재감과 인생의 허무에서 벗어나 재기하려는 몸부림을, 〈동행〉(2012)은 죽음을 향해 다가가는 두 남녀

의 끝나지 않은 사랑을 극화했다. 이 노인 3부작은 작가의 오랜 연륜과 경험을 통해 작금의 한국사회에서 노인이 처한 냉혹한 현실을 사실적으로 묘파하면서도 휴먼 드라마로서 따뜻한 감동을 전하고 있다.

고백

초판 1쇄 인쇄 2018년 2월 12일
초판 1쇄 발행 2018년 2월 22일

지은이 윤대성
펴낸이 박성복
펴낸곳 도서출판 월인
주소 01047 서울특별시 강북구 노해로25길 61
등록 1998년 5월 4일 제6-0364호
전화 (02) 912-5000
팩스 (02) 900-5036
홈페이지 www.worin.net
전자우편 worinnet@hanmail.net

ISBN 978-89-8477-647-0 03810

값은 뒤표지에 있습니다.